U0464930

国际大奖小说
国际安徒生奖作家奖&插画家奖

狗来了

[奥]克里斯蒂娜·涅斯特林格/著
[德]尤塔·鲍尔/绘
杨立/译

天津出版传媒集团
新蕾出版社

图书在版编目 (CIP) 数据

狗来了 /(奥) 克里斯蒂娜·涅斯特林格著；(德) 尤塔·鲍尔绘；杨立译. —— 天津：新蕾出版社 2020.9(2024.3 重印)
(国际大奖小说)
ISBN 978-7-5307-7069-6

Ⅰ.①狗… Ⅱ.①克… ②尤… ③杨… Ⅲ.①儿童文学-中篇小说-奥地利-现代 Ⅳ.①I521.84

中国版本图书馆 CIP 数据核字(2020)第 148118 号

Original title : DER HUND KOMMT
Author: Christine Nöstlinger
Illustrator: Jutta Bauer
© 1987 Beltz & Gelberg
in the publishing group Beltz-Weinheim Basel
Simplified Chinese translation copyright © 2020 by New Buds Publishing House (Tianjin) Limited Company
ALL RIGHTS RESERVED
本书中文简体版专有出版权经由中华版权代理总公司授予新蕾出版社(天津)有限公司。
津图登字:02-2018-124

书　　名	:狗来了 GOU LAI LE
出版发行	:天津出版传媒集团 　新蕾出版社
	http://www.newbuds.com.cn
地　　址	:天津市和平区西康路 35 号(300051)
出 版 人	:马玉秀
电　　话	:总编办 (022)23332422 　发行部 (022)23332351　23332679
传　　真	:(022)23332422
经　　销	:全国新华书店
印　　刷	:天津新华印务有限公司
开　　本	:880mm×1230mm　1/32
字　　数	:80 千字
印　　张	:7.5
版　　次	:2020 年 9 月第 1 版　2024 年 3 月第 7 次印刷
定　　价	:35.00 元

著作权所有，请勿擅用本书制作各类出版物，违者必究。
如发现印、装质量问题，影响阅读，请与本社发行部联系调换。
地址:天津市和平区西康路 35 号
电话:(022)23332677　邮编:300051

一辈子的书

◎ 梅子涵

◆ 亲近文学 ◆

一个希望优秀的人,是应该亲近文学的。亲近文学的方式当然就是阅读。阅读那些经典和杰作,在故事和语言间得到和世俗不一样的气息,优雅的心情和感觉在这同时也就滋生出来;还有很多的智慧和见解,是你在受教育的课堂上和别的书里难以如此生动和有趣地看见的。慢慢地,慢慢地,这阅读就使你有了格调,有了不平庸的眼睛。其实谁不知道,十有八九你是不可能成为一个文学家的,而是当了电脑工程师、建筑设计师……可是亲近文学怎么就是为了要成为文学家,成为一个写小说的人呢?文学是抚摸所有人的灵魂的,如果真有一种叫作"灵魂"的东西的话。文学是这样的一盏灯,只要你亲近过它,那么不管你是在怎样的境遇里,每天从事怎样的职业和怎样地操持,是设计房子还是打制家具,它都会无声无息地照亮你,使你可能为一个城市、一个家庭的房间又添置了经典,添置了可以供世代的人去欣赏和享受的美,而不是才过了几年,人们已经在说,哎哟,好难看哟!

谁会不想要这样的一盏灯呢?

◆**阅读优秀**◆

文学是很丰富的,各种各样。但是它又的确分成优秀和平庸。我们哪怕可以活上三百岁,有很充裕的时间,还是有理由只阅读优秀的,而拒绝平庸的。所以一代一代年长的人总是劝说年轻的人:"阅读经典!"这是他们的前人告诉他们的,他们也有了深切的体会,所以再来告诉他们的后代。

这是人类的生命关怀。

美国诗人惠特曼有一首诗:《有一个孩子向前走去》。诗里说:

有一个孩子每天向前走去,

他看见最初的东西,他就变成那东西,

那东西就变成了他的一部分……

如果是早开的紫丁香,那么它会变成这个孩子的一部分;如果是杂乱的野草,那么它也会变成这个孩子的一部分。

我们都想看见一个孩子一步步地走进经典里去,走进优秀。

优秀和经典的书,不是只有那些很久年代以前的才是,只是安徒生,只是托尔斯泰,只是鲁迅;当代也有不少。只不过是我们不知道,所以没有告诉你;你的父母不知道,所以没有告诉你;你的老师可能也不知道,所以也没有告诉你。我们都已经看见了这种"不知道"所造成的阅读的稀少了。我们很焦急,所以我们总是非常热心地对你们说,它们在哪里,是什么书名,在哪儿可以买到。我就好想为你们开一张大书单,可以供你们去寻找、得到。像英国作家斯蒂文生写的那个李利一样,每天快要天黑的时候,他就拿着提灯和梯子走过来,在每一家的门口,把街灯点亮。我们也想当一个点灯的人,让你们在光亮中可以看见,看见那一本本被奇特地写出来的书,夜晚梦见里面的故事,白天的时候也必然想起和流连。一个孩子一天天地向前走去,长大了,很有知识,很有技能,还善良和有诗意,语言斯文……

同样是长大,那会多么不一样!

◆自己的书◆

优秀的文学书,也有不同。有很多是写给成年人的,也有专门写给孩子和青少年的。专门为孩子和青少年写文学书,不是从古就有的,而是历史不长。可是已经写出来的足以称得上琳琅和灿烂了。它可以算作是这二三百年来我们的文学里最值得炫耀的事情之一,几乎任何一本统计世纪文学成就的大书里都不会忘记写上这一笔,而且写上一个个具体的灿烂书名。

它们是我们自己的书。合乎年纪,合乎趣味,快活地笑或是严肃地思考,都是立在敬重我们生命的角度,不假冒天真,也不故意深刻。

它们是长大的人一生忘记不了的书,长大以后,他们才知道,原来这样的书,这些书里的故事和美妙,在长大之后读的文学书里再难遇见,可是因为他们读过了,所以没有遗憾。他们会这样劝说:"读一读吧,要不会遗憾的。"

我们不要像安徒生写的那棵小枞树,老急着长大,老以为自己已经长大,不理睬照射它的那么温暖的太阳光和充分的新鲜空气,连飞翔过去的小鸟,和早晨与晚间飘过去的红云也一点儿都不感兴趣,老想着我长大了,我长大了。

"请你跟我们一道享受你的生活吧!"太阳光说。

"请你在自由中享受你新鲜的青春吧!"空气说。

"请你尽情地阅读属于你的年龄的文学书吧!"梅子涵说。

现在的这些"国际大奖小说"就是这样的书。

它们真是非常好,读完了,放进你自己的书架,你永远也不会抽离的。

很多年后,你当父亲、母亲了,你会对儿子、女儿说:"读一读它们,我的孩子!"

你还会当爷爷、奶奶、外公和外婆,你会对孙辈们说:"读一读它们吧,我都珍藏了一辈子了!"

一辈子的书。

目 录

第一章

狗和作弊的猪　　　　　001

第二章

狗进了剧院　　　　　　033

第三章

狗到了学校　　　　　　060

第四章

狗住了医院　　　　　　　　106

第五章

狗当了养父　　　　　　　　132

第六章

狗和熊的伪装　　　　　　　159

第七章

狗为熊担忧　　　　　　　　178

第一章
狗和作弊的猪

狗的孩子们都长大自立了,狗的老伴儿也已去世多年,于是狗决定离开家园。它打算永远离去,再也不回来了。它把住房和苹果园全卖掉了,把电视机和收藏的书籍、邮票,以及祖母的油画像也都卖了。狗走的时候,右前爪提着一只棕色的皮箱,左前爪拿着一个蓝色的旅行包,腰上还围挎着一个绿色的旅行腰包。它的头上戴了一顶黑色的宽檐儿礼帽,脖子上围了一条红白相间的长围巾。为了不让围巾的两头儿拖到地上,狗把围巾在脖子上绕了三圈。

狗来了

狗想要远走他乡,到广阔的世界去。"我年纪已经不算小了,但我的阅历却还不够丰富。"狗对自己说道,"也许在广阔的世界上还有什么在等待着我,也许还会有用得着我的地方吧!"

狗会干各种各样的事情。它是一位经过考核,完全合格的木匠师傅,还是位有从业证书的游泳救生员;它有嫁接玫瑰花和栽培仙人掌的本领,还能很出色地用口哨儿吹出九首歌曲;它做的鸡蛋面、南瓜汤、土豆烧牛肉和香草布丁都令人赞不绝口,无可挑剔;它会用四种不同颜色的毛线编织花样,织出来的毛衣简直棒极了;关于航海、农业和天文学的知识,狗也多少懂得一点儿。总而言之,狗掌握的各项技能在许多场合都能派上用场。此外,狗的腿脚也很灵便,能跑得很快、很远。狗的听力和视力都很好,嗅觉敏锐更是它的强项。

狗离开家时,太阳刚从地平线上升起,把天空映照得一片通红。狗把房门钥匙放到了门外地垫的下面,这是它

Der Hund kommt!

和买下这幢房子的驴子事先约定好的。到了将近晌午的时候,狗已经越过田野,朝前方走出很远了。这时,不知从什么地方传来了教堂的钟声,一连响了十二下。

"我认为,吃午饭的时间到了!"

狗喜欢自己跟自己说话。这不是它在孩子们离开家去谋生和老伴儿去世之后才养成的习惯。当狗还是个小孩子时,它就已经喜欢自己跟自己说话了。因为这一点,别人经常嘲笑它。但是狗没有那么愚蠢,它绝对不会因为有人嘲笑就放弃自己多年来的习惯。

狗在一棵大栗树的树荫下给自己找了个午间休息的地方。它坐在蓝色的旅行包上,包里装的是两个枕头和一床羽绒被,所以软乎乎的,坐上去还挺舒服。它把棕色皮箱平放在它前方的地面上,然后从绿腰包里取出块小台布铺到箱子上,这样就算有了张很像样的餐桌。接着,它又从腰包里掏出刀叉和餐巾纸摆到桌上,把之前从皮箱里拿出来的一瓶啤酒、五根香肠、一袋牛奶、一个巧克力布丁、一小罐酸菜、一块李子馅儿蛋糕、两罐油浸沙丁鱼、

狗来了

一管芥末、一小角黄油和三片奶酪也依次摆到了小桌上。

狗可从来没吃过这样既丰盛又混杂的午餐。这是它冰箱里所剩的全部食物。狗在离开之前,把里面的所有东西都取出来带上了,因为驴子不肯为冰箱里的存货付给狗三个半马克。

"亲爱的狗,我要这些东西做什么?"驴子嘶嘶地怪笑着说,"让我拿着这黄油往毛发上抹吗?我只吃青草和干草呀,我的朋友!这些玩意儿对我来说分文不值!"

这完全是谎话。因为驴子一直非常贪婪地盯着啤酒瓶和巧克力布丁呢。它只不过是想省下三个半马克罢了。于是,狗觉得,必须用以牙还牙的办法来对付小气、抠门儿的家伙。只有这样它才会认识到,不能再照老样子算计别人了。它必须得改变一下自己了。

"那就不去管它们吧,亲爱的驴子!"狗对驴子说。

驴子在告别时拍着狗的背说:"嘿,我祝愿你未来生活幸福美满!要是你在出发前来不及把那些东西吃光,就尽管把它们留在冰箱里好了。我会帮你把它们扔进垃圾

Der Hund kommt!

箱去的！"

"你想得倒美。"狗在它身后小声嘟囔着，"我连奶酪的硬边、面包渣和香肠皮都不会给你留下！"

狗履行自己的誓言，说到做到，临走时把冰箱里的东西全带走了。它甚至把冷冻室里的冰块也全都融化成水了。

这顿午餐吃得狗直打饱嗝儿。它把吃剩的残渣碎屑和包装盒都裹在餐巾纸里，塞进了腰包。接着，它对自己说："我该睡午觉了！"

它躺在大栗树的树荫下，闭上了眼睛，还把自己那两扇软软的大耳朵盖在闭着的双眼上，想快点睡着。

这时，飞来了一只苍蝇，落到了它的嘴巴上。狗忙抖动它的大耳朵，苍蝇飞走了，但转眼又落到了狗的肚子上。狗的肚皮特别怕痒，所以它摇动起自己的尾巴来驱赶苍蝇。可是讨厌的苍蝇一下子又从它的肚皮上飞到了它的鼻子上。狗只好又抖动耳朵，苍蝇就又飞回到它的肚皮上去了。这弄得狗十分烦躁。它本来也不是很困，这下子

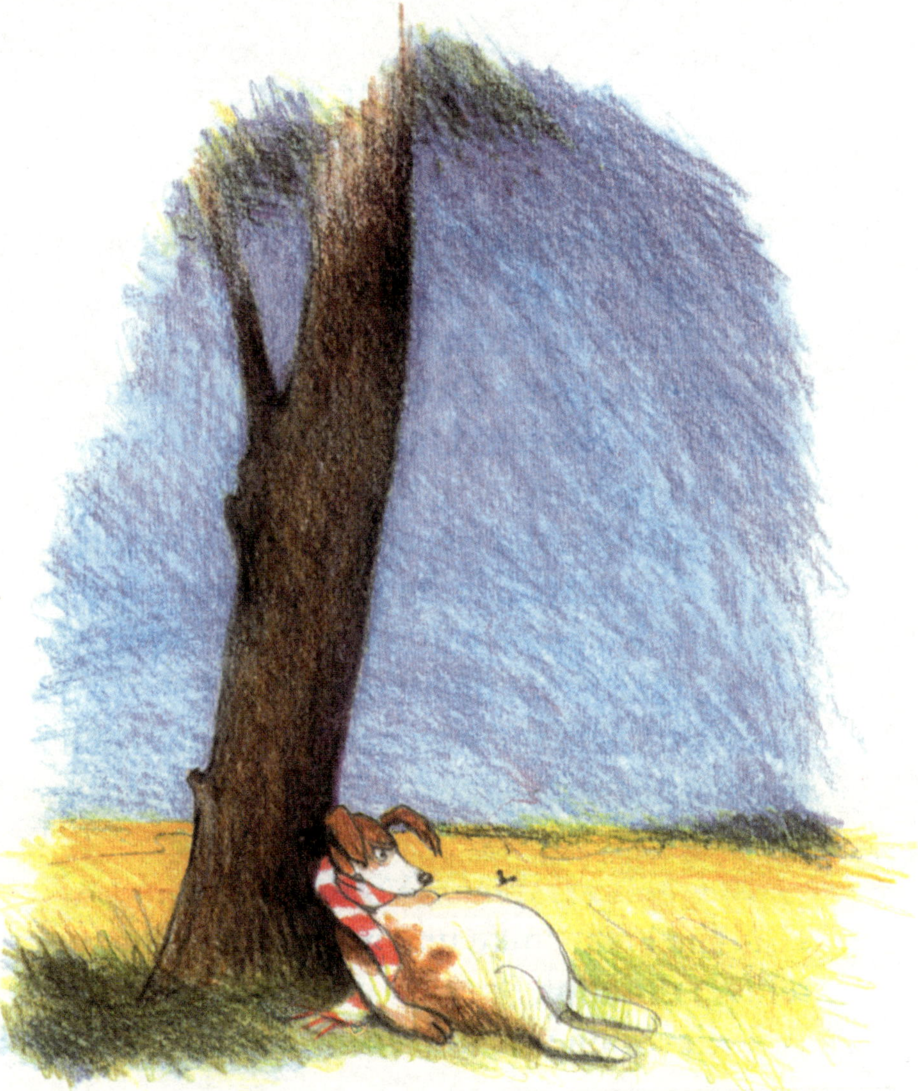

Der Hund kommt!

就更不想睡了。

"睡午觉本来就是很蠢的事。"它轻轻嘟囔着跳了起来,"这些年来我一直坚持睡午觉,但其实中午的时候我根本就不觉得疲倦。所以这个习惯应该废除掉!凡是愚蠢的事就都该废除掉!"

狗系上腰包,用右前爪提起皮箱,左前爪抓起旅行包,穿过田野,继续向前赶路。

当太阳快要从西边的地平线上彻底消失的时候,狗终于走到了一家餐馆跟前。那家餐馆孤零零地立在一片草地当中,是一栋红瓦屋顶、白色墙壁,窗框被漆成深绿色的小房子。门上挂的招牌上写着:强悍的海因里希。

招牌下面贴着一张菜单。狗对着菜单仔细地看了半天。

"饭菜看上去很合我口味,价格也还算公道。"狗喃喃自语着,推门走了进去。门内是摆着一张张餐桌的店堂,还有个卖酒的吧台。

在一张桌子的两边坐着一位老人和一只公鸡,另一张

狗来了

桌子前面坐了一只小狗,还有一张桌子旁边坐的是一只猫和一头猪。一个长着浓密小胡子的秃头男人倚在吧台后面。他一边鞠躬一边说:"下午好,狗!"

"下午好,强悍的海因里希。"狗也向餐馆老板点头行礼。然后,它就走到靠窗的一张空餐桌边坐下了。

"您想吃点什么?"

"三份五香炖肉,不要加辣椒,还要一大杯淡啤酒!"狗马上点了菜。

"三份五香炖肉,免辣,装一大盘!"那个秃头留小胡子的男人朝着厨房的门大声喊道,然后取了个啤酒杯,转身去接啤酒。

"祝您好运!"他走过来,把一大杯啤酒摆到了狗面前。

狗举起杯子,一口气就把啤酒全喝光了。走了那么远的路之后,狗早已渴得要命了。

"请再给我来一大杯,强悍的海因里希。"狗说完一连打了三个饱嗝儿。

Der Hund kommt!

"强悍的海因里希是我已过世的父亲。"老板说,"我是温顺的海因里希。我还没来得及把招牌上的字改过来。"

温顺的海因里希拿起空杯子走回吧台后去压啤酒了。从厨房里走出来一个瘦小的女人,她手里端着一大盘炖肉,上面还配有黄色、白色和红色的萝卜丁儿。那女人朝店堂里四下打量了一番后,就朝着狗走过来:"这是您点的吧?"

狗点点头,接过大盘子,呼噜呼噜地大口吃了起来。

"您是出远门,路过这里的吧?"那女人问。

"我要到广阔的世界去转转。"狗鼓着塞满了炖肉的腮帮子说,"我想看看会不会有什么地方需要我。"

那女人从围裙口袋里掏出一副眼镜戴上,然后仔细地端详起狗来。她从狗的耳朵尖儿一直看到狗的后爪子尖儿,一个地方也不漏过。看够了之后她喊道:"温顺的海因里希,你快过来瞧瞧这狗吧!我们很可能就需要它,你看是不是?"

狗来了

温顺的海因里希端着啤酒杯走回来了。他一边把啤酒放到桌子上,一边小声说:"祝您好运,狗!"然后,他也从围裙口袋里掏出眼镜戴上,仔细观察起狗来。他也是从狗的耳朵尖儿一直看到后爪子尖儿。全看完之后,他开口说:"对呀,我们真是挺需要它的!"

"我很抱歉!"狗把第二杯啤酒一口喝干后,说,"我想要到广阔的世界去!我出来后才走了几个小时,离广阔的世界还远着呢!"

"世界是一个圆球,尊敬的狗。"温顺的海因里希说,"到处都是广阔的世界!"

"尊敬的狗,您离开的地方,"那女人说,"对我们来说就是广阔的世界了。这只是个立足点的问题!"

狗想,这两个人说得蛮有道理。凡是道理很充分的事狗就信服。

它用爪子擦了擦嘴巴上沾的啤酒泡沫后,开口问道:"那你们需要我做些什么呢?"

"充当撵走捣乱分子的保安,尊敬的狗。"温顺的海因

Der Hund kommt!

里希说,"我需要一个能把不规矩的顾客扔到店堂外面去的好汉!"

"他死去的爹,强悍的海因里希,自己就能做到这一切。"瘦小的女人补充道,"那可真是一条好汉,胆子大,没人敢惹他!而我的丈夫太柔弱了,他又要倒啤酒,又要跑

狗来了

堂端盘子,如果再加上向外撵顾客,对他来说就实在是太难了。他无论如何也做不到。"

狗朝店堂四下里看了看。它看到了一位老人、一只公鸡、一只小狗、一只猫和一头猪。

它觉得这些顾客都相当可爱和友好,它实在没有兴致去把它们当中的哪一个扔到大门外面去。

"我认为,这工作对我来说并不合适。"狗说。

"不是撵现在坐在店里的这些客人。"女人说,"这些顾客都规规矩矩的,从不惹是生非。但一到了晚上,各式各样的坏家伙就成帮结伙地来了!有打架斗殴的地痞流氓,有寻衅滋事的赌徒,还有无理取闹的捣蛋鬼们!"

"照这样下去,我这餐馆的名声就坏了。"温顺的海因里希说,"以后,正派、规矩的顾客就再也不来了。我们这里就会沦为下等的酒馆和赌窟了。"

狗把盘子舔干净后,又考虑了一会儿:原来事情和我想象的不一样。成群结队的地痞流氓,我这大半辈子还从没见过,把它们扔出门去对我来说也是从没干过的新鲜

Der Hund kommt!

事。这么看来,我应该会从这份工作中增长些阅历。

狗把舔得精光的盘子推到女人跟前,说:"好吧!我接受这个差事了!"

温顺的海因里希和他的老婆非常高兴。"您吃的炖肉、喝的啤酒都不必付钱了。"温顺的海因里希说,"今后我也将免费为您提供食宿。"他的老婆说:"报酬将按工作的成果发放,要是您同意的话,每把一个捣蛋鬼扔到门外去,就付您十马克,每撵跑一个地痞流氓也同样是十马克。"

狗点头表示同意,反正它是从来不大看重和追逐金钱的。

每天,狗从日落时开始上班,到午夜时分结束工作。上班时它不必做很多的事情,一般就是坐在一张餐桌旁边,喝点啤酒或是大声地嚼咸饼干,有时看看报纸,有时低着头打个盹儿,有时思考点什么事,嘴里还吹着口哨儿。但是,一旦温顺的海因里希走到它身旁,对它低声耳语"三号桌""七号桌"或是"一号桌"之类的话,狗就会马

狗来了

上站起来,走到三号桌、七号桌或是一号桌跟前去整顿秩序。真正被狗"扔到门外去"的情况几乎从没有出现过,因为那些在餐馆里捣蛋、胡闹的家伙们身量最多只有狗的一半么高,力气也要比狗小上一大半。所以,只要狗一朝着它们坐的桌子走过去,那些无理取闹的家伙就会飞快地溜出大门,乖乖跑掉了。

直到第五个工作日,狗才头一次真正履行了把不规矩的家伙扔到门外去的职责。那天,有只小花狗走进了餐馆。尽管当时有好几张餐桌都空着,可小花狗却径直坐到了老猫坐的餐桌旁。老猫正在吃浇着糖醋汁的油焖沙丁鱼,小花狗伸出爪子就从老猫的盘子里抓出一条沙丁鱼来。老猫十分恼火地瞪着小花狗,可是小花狗满不在乎,又从盘子里抢走一条鱼。老猫用刺耳的声音尖叫起来:"掌柜的!掌柜的!快把这只无赖的小狗从我的盘子跟前撵走!"

"五号桌,老猫身边的小花狗!"温顺的海因里希在狗的耳边低声说。

Der Hund kommt!

狗站起来，走到了五号桌前。小花狗正在抢夺老猫盘子里剩下的最后两条小鱼。它把鱼全塞进嘴里后，抬头瞧着狗，摆出一副毫不畏惧的神情来，还故意用挑衅的语调喊着："嘿，老家伙！也许这有点儿不合你的心意了吧？"

狗只要挥动起尾巴来，狠狠抽打一下，就能把小花狗从它坐的椅子上扫到地上去；只需伸出一只爪子，连大气都不用喘，就能将小花狗击倒在地。但是，看到小花狗的脸后，狗一下子想起了自己的小儿子。它的小儿子也长着这么肉嘟嘟的小嘴巴，两只长着花斑的耳朵，还有那蜷曲成一个小圈圈的小尾巴也跟这眼前的小狗一模一样。

狗想：是呀，是呀！我的小儿子也会像这样坐在我的面前！它也会这么调皮捣蛋，举止粗野！它也会故意吹牛胡扯，惹是生非！但是它内心深处依然是只善良的好狗！想到这里，狗和善地对小花狗说："孩子，别再胡闹了！这样做太不值得了。"

小花狗仰着头，眯起眼睛瞧着狗。它那肉嘟嘟的嘴巴微微颤动着，带有花斑的双耳抖得很厉害，蜷曲的小尾巴

狗来了

缩成了一小团。

它真跟我的小儿子一模一样,狗想,心里虽然害怕,但硬是要接着捣蛋!

小花狗给自己点了一支香烟,故意朝着狗的嘴巴吐了三个烟圈儿。

狗一下子就把香烟从小花狗嘴里抓了出来,摁在烟灰缸里熄灭了。然后,狗很小心地抓住小花狗的脖颈儿,把它提到了大门外面,又轻轻放到了草地上。"快回家去吧,孩子。"狗和蔼可亲地说,"你早就该上床睡觉了,你妈妈正在为你担心呢!"

"老傻瓜!"小花狗气喘吁吁地喊了一声后,飞快地跑走了。

狗又回到了店堂里面。

"干得好,狗!"一些客人冲着狗喊道。

"干得漂亮,完全是行家的水平。"温顺的海因里希直夸奖狗。

但是狗心里很伤感,因为那只小花狗让它思念起自己

Der Hund kommt!

的小儿子来了。它总觉得,刚才好像是自己的亲儿子在喊它"老傻瓜"来着。

午夜过后,最后一批客人离开了餐馆。温顺的海因里希和他的老婆忙着在店堂里打扫卫生,更换干净的桌布。狗拿出一张信纸来,开始写信。它写道:

亲爱的小儿子:

希望你生活得很好!希望大家对你都很友好和善!

我时时都在想念你,我非常非常地爱你。

你的老爸

狗把写好的信装进信封,写上小儿子的地址,又在信封的右上角贴上一枚邮票。当狗把信塞进餐馆大门旁边的邮筒之后,它的心情才轻松了一些,不再那么伤感了。

"强悍的海因里希"餐馆雇用了一位专门整治不法之徒的新保安的消息很快在这片地区传开了,大家都在议

狗来了

论,说那家伙身强力壮,厉害得很。因此,地痞流氓们都选择绕开这间餐馆走,而那些调皮捣蛋、惹是生非的家伙们也很少进门了,就算他们来到餐馆,也会装出一副正人君子的样子,制造出自己非常安分守己的假象来。偶尔会有几个没什么恶意,但爱找碴儿吵架的家伙走错了门,闯进店里来,偶尔也会有原本安静的顾客多喝了几杯后控制不住自己,坐在位子上大声地哭闹。还有一次,一只红冠大公鸡大吃大喝了一顿之后,身上带的钱不够付账。但这些情况,都不足以让狗把这些家伙抓起来,扔到大门外头去。

狗觉得,是时候辞去这份工作了。"这里并不是真的需要我。"它对自己说,"而且光坐在一边充当警告和恫吓他人的威慑力量,总不能成为终生的事业吧!"

再说,它赚到的工钱也少得可怜。因为只有真的把捣乱者撵出门外,温顺的海因里希才肯付报酬。如果狗只是站起来去警告一下,或用高声吠叫去震慑找碴儿争吵的,以及让胡闹的醉汉安静下来,温顺的海因里希连一分钱

Der Hund kommt!

都不肯付。"那算不上是工作呀。"他这样对狗说。

让狗感到气愤的倒不是因为钱少,而是它实在很难容忍小气、吝啬的人。

在狗到店里工作第三周的周末,天下起雨来了。晚上,到餐馆来的客人不是很多。一匹老驴子和一只公鸡在吧台边喝啤酒,一对正在谈恋爱的猫坐在灯光昏暗的角落里一边聊天儿一边吃巧克力冰激凌,三只狗、一只孔雀和一头小牛犊围坐在它们聚会的固定餐桌边讨论着世界局势。

狗独自坐在它的座位上,不住地打着哈欠。

这时,从门外走进来一头猪,中等个头儿,皮肤红润,既不太老,也不是很年轻。看上去,它是骑着摩托车来的,因为它的蹄子上挎着个头盔,肚子上扎着行驶时保护腰部的宽皮带,身后还背着一个挎包。

猪走近衣帽架,把头盔挂到一个衣钩上。然后,它就站在那儿,一边往下抖落沾在身上的雨珠,一边来回地摆弄肚子上的皮带。

狗来了

温顺的海因里希急忙跑到狗跟前。"快!"他低声对狗耳语道,"马上把那头猪给我撵出去!"

"您为什么要跟那头猪过不去呢?"狗问道,"它既没有喝得醉醺醺的,也没有和别人争吵呀!它看上去也不像是那种专门惹是生非的捣蛋鬼。"

"这头猪用纸牌赌钱。"温顺的海因里希小声说。

"那又怎么样呢?"狗瞧了瞧圆滚滚的猪,"玩牌时是可以赌点小钱的吧!"

"噢,天哪!"温顺的海因里希叹了口气,"您根本没理解我的意思!那头猪专靠玩牌来骗取别人的钱财!那是它的职业!"

这时候,猪已经在一张餐桌旁坐下了。"老板,请给我一杯加蜂蜜和柠檬的菊花茶。"它喊道。

"我的餐馆可不是赌窟。"温顺的海因里希小声咕哝着,"快去!把这头脏猪给我赶出去!"

狗向着猪走过去。猪很友好地冲着狗微笑。狗觉得自己不能就这样把这头浑身湿淋淋的、冲它友好微笑着的

Der Hund kommt!

猪从这间能避雨的屋子里赶出去。它想：可能是老板搞错了，把这头猪认成别的猪了。我多少也有些观察的本领，照我看来，这头猪挺可爱的。

"您是出门谋生的吧？"狗问。

猪点点头，说："我是专门推销纽扣的。"

它打开挎包，从里面掏出了好几张硬纸板来。纸板上缝着各式各样的布包扣、牛角扣、皮扣、金属扣和塑料扣。

"这是我的货样。"猪说，"如果您对纽扣感兴趣的话，我可以把价格和供货时间报给您。"

"谢谢您！"狗说，"但是眼下我还不缺扣子用。"

狗回到柜台旁边。"您确实弄错了，老板。"它对温顺的海因里希低语道，"猪的职业不是赌徒！它是个纽扣推销员。"

"那只是个伪装。"温顺的海因里希低声说道，"它故意装出善良的样子来和你交朋友，然后再把你的口袋全掏空！"

狗想：不、不、不，绝对不会的！猪的眼神很温和，猪讲

狗来了

话的语气也很亲切。猪绝不会有什么恶意的!猪不会是卑鄙下流的!

狗从柜台的抽屉里取出一个小茶包,将它放到一只茶杯里,然后举着杯子到热水器前去接滚开的热水。

"喂,狗。"温顺的海因里希说,"你在那儿干什么?我才是这餐馆的老板!你只是我雇来往外赶人的保安!"

狗转身取出一个柠檬,用刀子切下一角,把那一小角柠檬放到一只小茶碟上,然后又取出一小袋调味用的蜂蜜,一同摆在碟子上。

"要是老板不去招待客人的话,"狗用严肃的语气对温顺的海因里希说,"那我就不得不替他去照管了!"

狗把茶端到了猪的餐桌上。"您还需要点些什么吗?"狗总听到温顺的海因里希这样问顾客,因此就照着问了一句。不过它问话的语气要比温顺的海因里希更加亲切友好。

"我希望您能陪我聊聊天儿。"猪答道。

于是狗就在猪对面的座位上坐下了。它想:瞎掰胡扯

Der Hund kommt!

半天有什么用,我干脆直截了当地要求和它玩牌好了。那不一下子就能看出来是温顺的海因里希说得对,还是我说得对了嘛!

"一块儿玩把牌怎么样?"狗问道。

"要是您想玩的话,我愿意奉陪。"猪说。

"玩黑彼得[①]好不好?"狗问。

"如果您喜欢玩,我愿奉陪。"猪答道。它说着就从挎包里摸出一副黑彼得牌来。

"那我们得赌点什么吧?"狗问。

"赌钱可是被禁止的呀!"猪说,"我们还是用纽扣赌着玩吧!"说着,它把纽扣的货样从挎包里拿了出来,递给狗五张纸板的纽扣,自己也留了五张纸板。

狗想:你看,猪根本就不乐意赌钱!凭这一点就可以认定,是有人在诽谤这头没有邪念的、善良的猪。

"每玩一把牌,我们都各出两颗纽扣作为赌注。"猪提

---

①注:德语地区流行的一种纸牌游戏,玩法和"憨七"类似,每局最后手中有"黑彼得"的一方为输家。

狗来了

议道,"谁赢了牌,四颗纽扣就全归谁。"

狗表示同意。

玩头一把牌时,狗赢了四颗纽扣;第二次玩时,狗又赢了四颗纽扣;第三次,赢到四颗纽扣的还是狗。每一把牌猪都输掉了。还不到半个小时,所有的纽扣就全都堆到狗这一边来了,猪连一颗纽扣都没有留住。

狗想把自己面前的一堆纽扣分一半给猪,但猪拒绝接受:"这怎么能行呢!我是头讲信用的猪。谁赢了就归谁,这可是讲好的呀!"

"那我们就没法儿继续玩了呀!"狗觉得有点儿遗憾。玩牌,尤其是连续地赢牌让它很开心。

"没事!我们可以找些看上去和纽扣很相像的圆形小玩意儿来接着玩呀,是不是?"

猪做出一副思索的模样,但首先想出来的当然是狗。"硬币!"它喊道,"我们拿硬币当赌注吧!那几乎跟纽扣一个样,只不过没有用来穿针线的小孔罢了。何况我们也用不着那些小孔呀!"

Der Hund kommt!

狗打开自己的钱包,取出二十枚一块钱的硬币。

"很抱歉,我身边没带着零钱。"猪说道。

"刚才您把您的纽扣平分给我。"狗说,"现在我愿意将我的硬币分一半给您。"说着,它把十枚硬币推到了猪的那边去。

它们继续玩起黑彼得牌来。但现在赢家是猪了,猪把所有的硬币全都赢到手了。狗又打开自己的钱包掏出八枚硬币,钱包里再也没有硬币了。接着玩了四把牌后,这八枚硬币也全归猪所有了。

"要是您只有钞票了的话,我现在可以换硬币给您。"猪建议道。

狗又从钱包里取出了一张十块钱的钞票交给猪。猪数了十枚硬币换给它。接着玩了五局黑彼得后,狗又把所有的钱都输光了。狗再也没有继续玩牌的兴致了。"我们不玩了吧!"它说,"我一点儿运气都没了!"

"这也叫运气吗?"温顺的海因里希疾步走到猪跟前,把它蹄子上握着的纸牌一把抓了过来,背面朝上地摊在

狗来了

桌子上。纸牌的背面是红蓝相间的菱形图案。

把牌摊放开后,温顺的海因里希从围裙口袋里掏出眼镜戴上,然后开始仔细端详那些纸牌。看了相当长时间后,他大声叫道:"哈!黑彼得在这儿!"他抓起一张牌,那张牌背面靠近四个角的红色菱形图案当中,都有个用笔点出来的小蓝点。

温顺的海因里希把纸牌翻转过来——真的是一张黑彼得!

猪跳了起来,慌忙地朝衣帽架跑去。只见它取下头盔,一边扎皮带一边夺门而出,它从狗那儿赢到的钱还都在桌上放着呢。

"喂,您怎么坐在那儿不动?"温顺的海因里希高声对狗喊道,"快,快,千万别让猪跑掉!我们得把它移交给警察!"

狗把它的钱从桌上收拢起来。"我又没受什么损失。"它喃喃地说。

"话不能这么说呀!"温顺的海因里希的目光一下子

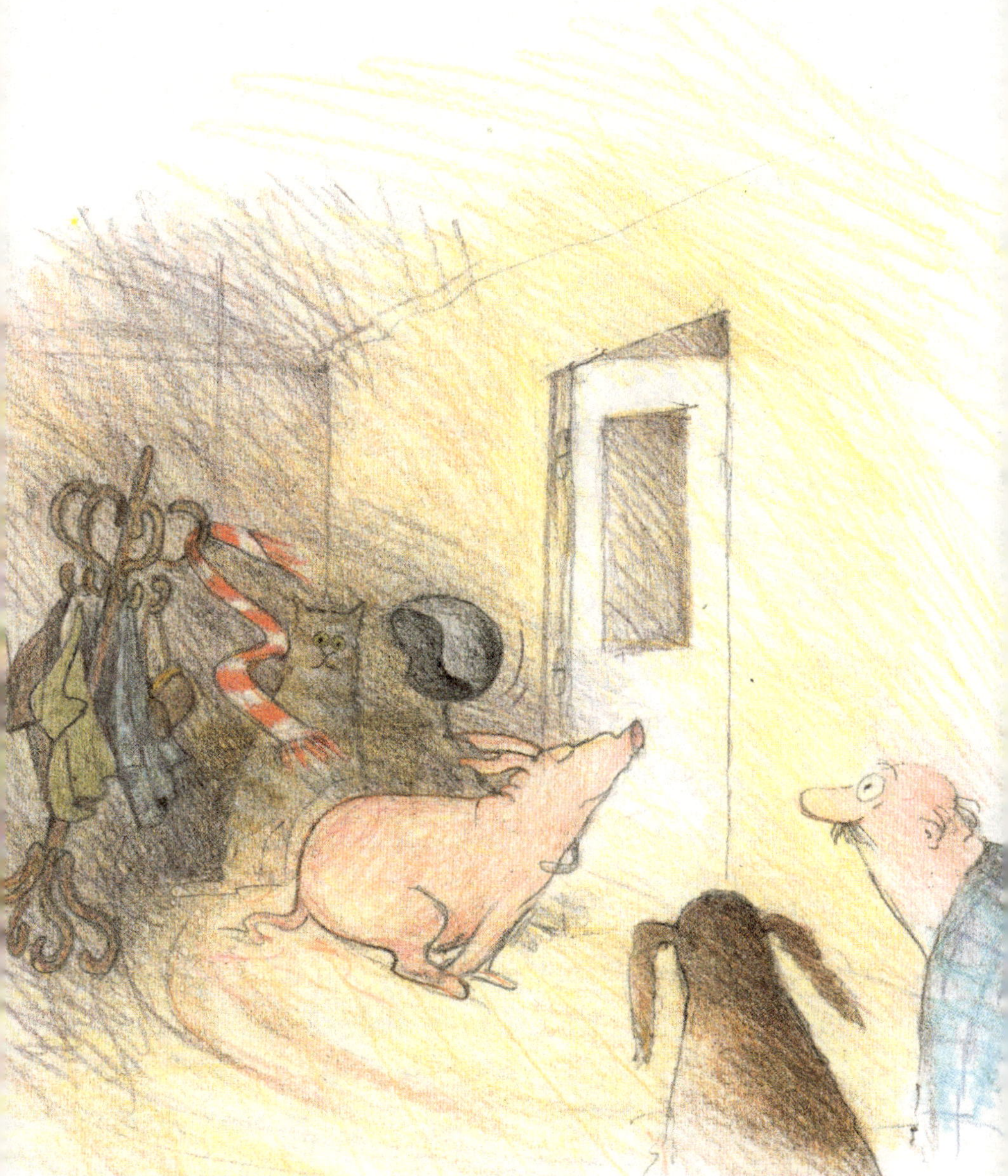

狗来了

变得凶狠了,"猪在玩牌时作弊弄假,这是欺诈!要蹲三年监牢的呀!如果能把猪关进去受受苦,那今天可真是极好的好日子了!"

店里的客人们也纷纷喊道:"说得对!那肮脏的猪早就该坐牢了!"

坐在吧台旁边的驴子仰脖喝干了它的第六杯啤酒后,大声吼叫着:"为什么只关三年监牢?那头脏猪应该一辈子都待在那里!"

蹲坐在驴子身旁的大公鸡也高声叫道:"终身监禁就好了!照我的意思,应该马上把猪给宰掉!是的,就是这样!"

其他客人都敲起桌子来。这就意味着它们都觉得大公鸡说得对,它们都表示赞成。

狗站起身来说道:"不知怎么的,先生们,你们真令我作呕!我不喜欢跟你们待在一起!"

狗拿起了它的皮箱和旅行包,戴上了宽檐儿礼帽,将围巾在脖子上绕了三圈,把腰包也挎到了肚皮上。它对温

Der Hund kommt!

顺的海因里希说:"从现在起,我辞职不干了!"说完它就离开了餐馆。

夜已经很深了,大门外到处是漆黑一片。狗穿过草地,向大路的方向走去。它一边走一边对自己说:"这小小的餐馆算不上是广阔的大世界!在广阔的世界,人们该是心胸宽广,气量很大的,绝不会像那些家伙一样鼠肚鸡肠,千方百计地图谋报复!"

在感觉到爪子已经踏上柏油路后,狗停下来考虑了一下:要到广阔的大世界去,该朝右走,还是朝左走?它决定向左边走,因为那样正好顺风。冷风直冲着它的鼻子和嘴巴吹过来,会让它感到难以忍受的。

狗慢慢悠悠地朝左边的方向走着,嘴里不停地用口哨儿吹它所会的九首曲子。它感觉有点儿热,因为雨后的夜里很暖和,而且它围着的围巾是用兔毛线织成的。不管什么天气,狗总是围着这条围巾,因为那是它并不擅长编织的妻子花了整整三年的工夫为它织成的。

"如果我只在特别冷的天气才围这条围巾,"狗对自己

狗来了

说,"那就会对不起我妻子生前为它所付出的时间了!"

天已经破晓了。狗穿过一片小树林后,看到一辆摩托车停在公路旁边。在摩托车后面,猪正躺在路边的沟里仰头大睡,还呼呼地打鼾。

狗跳进沟里,一把抓住猪蜷曲的小尾巴。"嘿,猪!"它叫道。

猪先是惊叫着跳了起来,一边打着哈欠一边揉眼睛。等它认出站在面前的是狗之后,就开始浑身发抖了。它很想跳到沟外面然后迅速逃走,但是根本没法儿做到,因为狗一直抓着它的尾巴不肯松开。

"尊敬的狗,"猪哇哇哭着说,"我求您饶了我吧!宽恕我这一回吧!"

"你为什么要作弊骗人呢?"狗问道。

"为了幸运的缘故。"猪说,"人们总说猪和幸运是相联系着的,但是我却从来都没有幸运过,打从小猪崽时起就没交过好运!只有玩牌赢了的时候,我才会觉得自己很幸运。我就是因为这个才作弊的。"

Der Hund kommt!

"太愚蠢了,简直是胡闹!"狗说,"要是真想试试自己的运气,你就得老老实实地玩牌呀!"

"如果我老老实实地玩牌,我就不会赢了……我总是输!"猪抽噎着说,又圆又大的泪珠在它的脸颊上滚动着。

狗递给猪一块手帕,把抓着的猪尾巴也放开了。

猪一把鼻涕一把泪地继续说道:"那要是我作弊没被人发现,也可以说是幸运吧?"

"唉,你这可怜的猪哇!"狗小声咕哝着。狗忽然想到,早先它的妻子常爱说"能跟我丈夫待在一起我真幸运",它的子女们也经常说"有这么好的老爸,我们可真幸运"。于是,狗想:要是有我做朋友的话,一定也会幸运吧?既然猪在这么不择手段地追求幸运,我为什么不帮它一把,让它幸运呢?

"猪,你听着,"狗张口说道,"从现在起,我就是你的朋友了。有我这个朋友你就一定会幸运的!你用不着再在玩牌时作弊了!"

"真的吗?"猪又擤了一回鼻涕后,把眼角上的泪也擦

狗来了

干了。

"当然是真的了。"狗说着就举起右前爪来发誓。

猪露出了笑脸,把右前蹄伸给了狗。狗握住猪的蹄子摇了半天。然后,它们一起骑上了摩托车。

猪让狗坐在前座上驾驶摩托车,它自己则紧紧搂着狗的腰,迎着风大声喊道:"你不把我带到警察局去,我可真是太幸运了!"

狗听了之后想:我刚才的想法完全正确。猪开始交好运了!

第二章
狗进了剧院

狗和猪在一起相处得很融洽。它们每天都骑好几个小时的摩托车，朝着广阔的大世界行进。每天晚上，它们都会一起走进一家新的餐馆吃晚饭，每天夜里，它们也都会住进一家新的旅店里，一起睡在舒适的大床上。

狗原本打算在野外过夜的，因为当时正是夏季，夜里气温很高，睡在通风的室外会很舒服。但是猪说："在野外睡觉太不安生，太讨厌了！蜘蛛和蚂蚁会不断来骚扰我，松树的针叶或是细小的树枝会刺进我的皮肤里去，还有耀眼的阳光，一大早就会把我给照醒了！要是不走运赶上

狗来了

场夏日暴风雨的话,闪电很可能会击中我,雷声也会把我给震聋了的!"

于是,狗只得每天夜里都请猪睡到旅店松软的大床上去。为了能让猪一直有"幸运感",狗处处都让着猪。吃晚饭时,它总把菜量多的盘子推到猪的面前去;上床睡觉时,它总把最蓬松的枕头留给猪;除此之外,狗每天还会偷偷将一枚硬币丢在路上。等猪发现了硬币,拾起来,揣进口袋时就会大叫:"狗,你真是给我带来了好运气!我认识你之前,可从来没有捡到过硬币。"

日子一天一天过去了,猪越来越习惯幸运的生活了。三个星期后,它最常挂在嘴边的一句话就成了"我真是头幸运的猪"。

为此狗虽然感到很高兴,但在钱的问题上它却不得不开始担心了。狗想:每天都要付吃饭的钱、住旅店的钱,还有摩托车的汽油费和猪想要捡到的硬币,照这样下去,我很快就要一分钱都没有了!光是花钱而没有任何收入,这样下去可不行。于是,一天吃过晚饭后,狗对猪说:"喂,猪

Der Hund kommt!

呀,我们必须得留心找点活儿干了!"

当时猪正在啃一根胡萝卜,听了狗的话惊得一下子就呛住了。它又是咳嗽,又是哽噎,眼泪都流出来了。狗连忙拍打它的后背。过了一会儿,猪镇定下来,不再咳嗽,也不再哽噎了,但它十分悲伤地说:"看来我幸运的时光就要过去了,唉!"

"不,不会的。"狗叫道,"工作只有当人们不乐意做时才会是一种不幸,而你喜欢做的工作,干起来是会让你感到幸福的。"它用前爪轻轻拍着猪的后颈,接着问道:"你喜欢做些什么呢?"

"我吗?"猪不好意思地眨了眨眼睛。

"是呀,是在问你。"狗说。

"嗯,那么我……"猪低下了头,把眼睛也闭上了,做出一副很忸怩的样子。

"嘿,猪,你只管说吧,不要害羞。"狗劝道。

猪这才用很轻很轻的声音说:"我很愿意到剧院里去工作。"

狗来了

"是做售票员、领座儿的服务员,还是当搬布景、拉大幕的,或是管灯光照明的工作人员呢?"狗问道。

"当演员。"猪低声说。

这回答可让狗大吃一惊,因为猪明摆着不是什么"大美人",而且说话的声音还总是含混不清的。但是狗不想让猪看出它的惊诧来。于是,它说道:"好吧,猪,那我们就到剧院去碰碰运气吧!不过你要是真想进剧院工作的话,你至少得会朗诵点什么才行。也就是说,你一定得在剧院经理面前背诵些诗歌之类的东西,好让他相信你具备演戏的才能。所以,你会背诵诗歌吗?"

猪摇摇脑袋:"不会。我在背诵方面一向都不大行。"

狗叹了口气,但只是轻轻地叹气而已。"那咱们就赶紧练练看吧。"它说。

第二天一早,狗到书店里买了三本诗集。吃过午饭后,当它们坐在餐厅的花园里喝咖啡时,狗开始教猪背诵诗歌。

Der Hund kommt!

这可真是一件只有狗才愿意给自己找的麻烦事呀!

它对着猪反复念了一百遍:"银白色的月亮啊,你正静悄悄地穿越夜空中的云层……"

但是猪只能背出"银白色的月亮啊",它的猪脑子里就再也装不进更多的东西了。

有一次,猪说的是:"银白色的月亮啊,你静悄悄地站在夜空中的云层里……"

下一次,猪说的是:"银白色的月亮啊,夜空的云层正穿越你而过……"

最后一次,它说的是:"银白色的月亮啊,你在夜空中的云层里静悄悄地站着……"

狗实在没有耐心再教下去了。

"或许你更适合去当歌手。"狗建议说。

"对呀!"猪高兴得拍着蹄子叫道,"每当我心情好的时候,我就会特拉——拉——拉地唱起来。"猪立刻就在狗面前唱了起来。它唱的是:"来吧,亲爱的特拉拉拉,快来唱特拉拉拉,让我们到小溪旁去,特拉——拉——拉!"

狗来了

猪唱得奇声怪调,十分刺耳,狗听得两只耳朵止不住地颤抖。

"你没有想过去做舞蹈演员吧?"狗问。

猪考虑了半天后,突然叫道:"嘿,狗,我要当音乐剧演员!因为音乐剧演员既能唱歌、跳舞,还能演戏呀!你觉得好吗?"

狗点了一下头,装出自己好像觉得很不错的样子来。它不想伤害猪。它想,反正车到山前必有路,到时候再说吧。再说,像猪这种没有记性的,也许很快就会把想当音乐剧演员的愚蠢想法忘得一干二净了。

但是这一次,猪可没有像往常那样健忘。三天后,狗和猪来到了一座小城市。在市中心的广场上有一幢高大的建筑物,大门的左右两边各有好几根大柱子。

"这房子是做什么用的呀?"猪问道。

"猜不出来。"狗撒了谎。它不想告诉猪,这幢有大柱子的房子正是城市剧院。

"我马上就能打听清楚的。"猪说。它刹住摩托车,跳

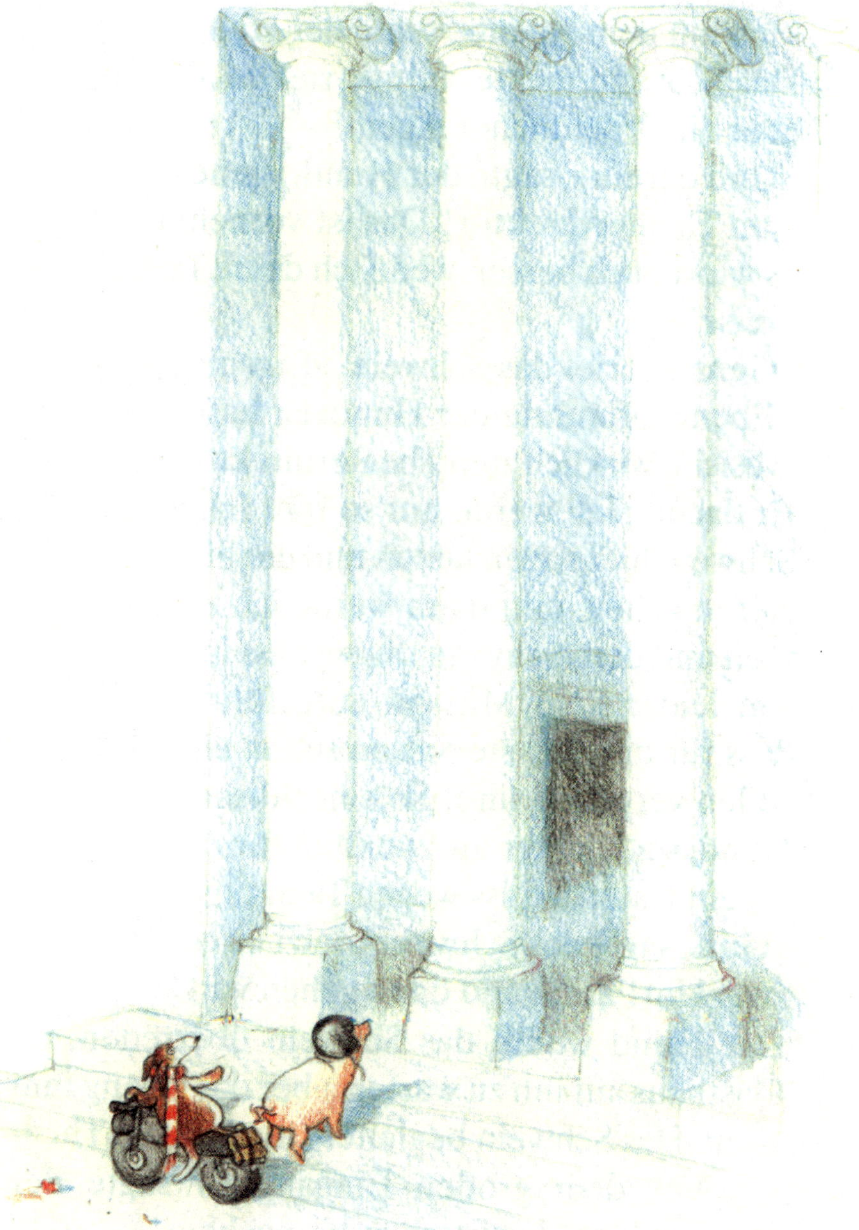

狗来了

下来,朝迎面走来的一头驴子跑去。

猪给驴子鞠了个躬,用蹄子指着有柱子的房子问道:"对不起,先生,请问那幢房子是干什么用的?"

"那是我们的城市剧院。"驴子说完就继续走自己的路了。

猪用两只蹄子鼓起掌来。"啊,我可真是最幸运、最幸运的猪了!"它大声叫着,"我刚刚决定要当一名音乐剧演员,我们就来到了一座专门为我准备了剧院的城市!"

猪想马上就进到剧院里面去,狗把它拦住了。"别着急!慢慢来,我的朋友。"狗说,"首先我们得找个清静地方,坐下来吃点东西,然后再好好考虑考虑,事情要如何进行才最稳妥和有利。"

"我们应该马上就进行!"猪急不可耐地喊道,"我直接去见剧院经理,在他面前随便唱点什么,再跳个舞。要是他愿意的话,我还可以给他背诵那首关于太阳和清晨的云层的诗歌。"

"是关于月亮和夜空中云层的诗歌。"狗说道。

Der Hund kommt!

"怎么说都行,反正就是那么一回事。"猪叫唤道。

"请注意,"狗说,"现在是中午,剧院还关着大门。剧院里的人总是睡到下午才起床的,因为他们要在夜里工作呀!"

这个说法猪很快就理解并接受了,再说它本来就已经饿了,所以,猪就跟着狗一块儿去吃土豆烧牛肉和面疙瘩汤了。

这一顿烧牛肉的午餐狗可是吃得一点儿味道都没有。它绞尽脑汁地琢磨,要如何才能既劝说猪放弃去剧院,而又不伤害到它。不能让猪跑进剧院去自我推荐,那样只会招来所有人的嘲笑,如此敏感和脆弱的猪是经受不住嘲笑的。

直到舔盘子时,狗才猛然想出了个主意。"猪哇,"狗说,"每个体面的音乐剧演员都要有一个经纪人的。"

"一个什么?"猪问。

"一个经纪人。"狗回答道,"这个人是为明星操办各种事务的,比如去商定出场费有多少啦,检查待签订的演

狗来了

出合同是不是还有什么不合理的地方啦,等等。"

"我去哪里能找到这样的人呢?"猪问。

"我来当你的经纪人好了。"狗说。

猪马上点头:"好!你肯定会是个了不起的经纪人。"

"那么,"狗继续说道,"就应该是我先去见剧院经理,这样才显得你更有派头。由我出面去称赞你的才华,效果一定会更好。"

"太对啦!"猪叫道,"自我吹嘘令人作呕!"

"说得正是。"狗小声咕哝道。狗并不是真的要去见剧院经理。它心想:我这么说只是为了让猪能留在这儿不动,但实际上我会独自到外面去散一小会儿步,然后再回来告诉它,很遗憾,这个演出季里不上演音乐剧,而下一个演出季里的音乐剧的角色也早就已经选定并签约了。狗认为,这样的回绝对猪来说,要比由于没有才能而被人家轰出来更容易承受些。

"好吧!"猪说,"现在已经快两点钟了,你快去结账,我们马上就走。"

Der Hund kommt!

狗竭力想说服猪,让猪坐在餐馆里等它。但是狗没有成功,猪无论如何都要跟着它一起去剧院。

到了剧院大门口,狗说:"好了,你在这儿等着吧,回头见!"

"我也进去。"猪说,"我要一直送你到经理室的门口。"

猪一边说着,一边推开大门走进了剧院的前厅。它问守门人:"找经理先生往哪儿走?"

"上了楼梯以后向右走,第二个房间就是。"守门人说。

猪乐颠颠地跑上了楼梯。狗没有别的办法,只好跟在它后面上了楼。

楼梯右手边的第二扇房门上挂着"经理室"的牌子,门外放着一张扶手椅。

"再见!"猪说,"我的猪蹄子到这儿就打住了。"说着,它一屁股坐到了扶手椅上。狗这时可真是不知所措了。它盯着房门想:现在我该怎么办才好呢?

这时,从走廊的另一端走过来一位年轻的金发女郎。

狗来了

她一看到狗就冲着它跑过来,嘴里还喊着:"嘿,真棒,太适合了!"接着,她打开经理室的房门,朝里面喊道:"经理,狗已经来了!"然后一把就将狗推进了经理室。

经理室的墙壁上挂着很多音乐剧演员的照片,而经理坐在一张很大的写字台后面。他长着一头红色的鬈发,一对挺大的招风耳,满脸的络腮胡子也是红色的。他的肚子圆滚滚地向前腆着。"您请这边坐,我的朋友。"他说道,"雪茄、咖啡,还是来点白酒?"

"谢谢,我什么都不要,不用麻烦了。"狗说。它一边说着,一边把礼帽摘下来,坐到了办公桌对面的椅子上。

"您可真是在最后一分钟赶来救场的了。"经理从桌上拿起一个文件夹,对狗说道,"但愿明天演出前您能把所有的台词都背出来。这可是个重要角色呀!"

他将文件夹放到狗的爪子上,然后站起来,走到一个柜子前,从里面取出一瓶白酒和两只酒杯。他给两只杯子里都斟满了酒,自己先喝干一杯,然后把另一杯递给了狗。

Der Hund kommt!

狗本来是从不喝白酒的,但在不知所措的情况下,它还是端起酒杯,迷迷糊糊地一口把酒喝干了。

经理又给自己的杯子斟满了酒,举起来仰脖也喝光了。"您可知道,"经理说,"这一切全是因为没有人肯听我的话才造成的呀!我总是劝诫我们的狗,跟它说作为一名音乐剧演员不可以随便去登山,因为那是很危险的运动。但我白费唇舌了,人家拿我的话当耳旁风!如今我们的狗躺在医院里了,两条后腿都打上了石膏绷带,连两只耳朵也被包扎起来了。"经理又干掉了第三杯白酒。"从十天前我们开始招聘能顶替它的狗,但是没有一个经纪人能为我们找到合适的狗,哪怕是短毛狗、小猎狗,甚至是牧羊犬都没有人送来过一只。好演员有的是,但是演这个角色却都不适合。"说到这里,经理把两只手臂高高地举了起来,"感谢老天爷把您给我们送上门来!"

狗这时才弄清了是怎么一回事。它想对经理声明,说它根本不是演员。但是经理根本不给它说话的机会,已经忙着向它介绍起要饰演的角色来了。

狗来了

"噢,您将担任的角色个性鲜明,美妙极了!"经理的语气仿佛已经沉醉其中,"您是一位王子,爱上了邻国的公主,但公主不喜欢您,因为她正在与一只善于赛跑的狼狗谈恋爱。这叫您感到十分伤心和沮丧。但是当您得知狼狗和公主结婚后对公主很残暴,您就下决心一定要把公主从狼狗那里解救出来……"

随着经理越来越详细的讲解,狗对饰演这个角色的兴趣也越来越浓了。狗想:为什么不试试呢?背诵是我的强项,做出伤心的样子来我也很内行。至于和狼狗打斗……只要它不拼命奔跑的话,对我也只是小事一桩。

就这样,狗就没再把自己根本不是演员的事实讲出来。等经理把全部剧情都讲完之后,狗开口道:"遗憾的是,还有点儿小麻烦需要您来解决。我和猪,我们俩是伙伴,我们要一起登台表演才行!这是我们早就约定好的。"

"但是剧本里没有猪演的角色呀!"经理说。

"那我也不得不拒绝您提供的角色了。"狗说,"没有我的伙伴猪在场,我什么事也做不成。"

Der Hund kommt!

狗站了起来,做出想要离开的样子。

"请您等一下!"经理喊道。他从座位上跳起来,抓住狗的围巾的一头儿,把狗拉了回来。"您的猪一定要演个很重要的角色吗?"他问道。

"那倒不一定。"狗说,"只要让它待在舞台上,讲上一两句话就行了。"

"那好办,您的猪会得到一个角色的。"经理放开了手中的围巾,又坐回自己的座位上,"猪可以演您的弟弟,始终不离您的左右。这在兄弟之间是很常见的嘛!在某些场合下猪可以说一句'我没意见,哥哥',或是'我同意,哥哥'。您看这样可以吧?"

狗点点头说:"很好!那我和猪现在就去背台词了。"

经理握着狗伸过来的前爪摇了几下,然后提醒狗第二天上午十点钟彩排,请它务必准时到场。

"噢,你终于出来了!"当狗走出房门时,猪叫嚷起来,"我的工作谈妥了吗?"它从椅子上跳下来,在狗面前不停地转来转去。

047

狗来了

"你将担任一个主角。"狗对猪说,"演一头对一切都没意见,对一切都赞同的猪。你觉得怎么样?连我也得到一个角色,我演你的哥哥。"

猪高兴得要命,想要好好庆祝一番。但是狗对它说现在可绝对不行,它们没有工夫去庆祝,它们必须马上去背台词。

狗和猪骑上摩托车,来到了城外的草地上。它们俩找了个舒服的位置坐好后,狗就开始帮助猪背它那句台词了——"我没意见,哥哥,我同意!"

直到夜幕降临,月亮已从山冈后面升起来时,猪才总算把它那句台词记住了。反复地背诵搞得猪非常疲倦,刚躺到草地上就呼呼大睡起来。狗把自己的针织上衣盖在猪身上后,就开始背王子的台词了。那天夜里月色很好,狗能借着明亮的月光来看剧本。

等到太阳升起来时,狗已经把自己所有的台词全都记牢了,当然,它也已经相当疲劳、困倦了。

Der Hund kommt!

阳光照到了猪的鼻子和嘴巴上,把它给照醒了。猪打着哈欠,又伸了个懒腰后,大声喊道:"我没意见,哥哥,我同意!"

狗很高兴看到猪睡醒一觉后还背得出它的台词。

彩排非常成功,剧院经理十分欣赏狗的表演。"您以前是在哪里演出的?"他不停地问着,"难道您一直都被埋没着吗?像您这样的天才至今还没有举世闻名,这让我感到太惊讶、太不可思议了!"

"我过去在外国生活。"狗说。

"我过去也在外国生活。"猪跟着说。

但是经理对猪的话完全不感兴趣,根本就没有认真去听。猪注意到了这一点。

"他凭什么不夸奖我?"经理走后,猪对狗抱怨说。

"嘿,刚才他都把你吹捧得要上天了。"狗骗它说,"就在你出去上厕所的时候。"

猪听了狗的话后才平静下来。

狗来了

从这一天起,狗和猪每天都在城市剧院登台,一周演出七场《王子寻求幸福记》。狗很快就成了受观众喜爱的明星。猪并没有因此而受到什么影响,因为,每当大幕落下,观众热烈鼓掌时,全体演员都会一起走到台前去谢幕,向观众行礼,一到这种时候,猪就会特别兴奋地觉得,大家都在为它欢呼鼓掌呢!可是,忽然有一天,猪不知从哪儿捡到了一张报纸,它看到在最后一版上刊登了一篇剧评。文章里写道:"《王子寻求幸福记》是一出既紧张有趣,又诗意盎然的戏剧,饰演王子的狗是位了不起的表演艺术家,饰演公主的女演员也是位伟大的天才。"擅长赛跑的狼狗、公主的父亲和侍女,以及王子的侍从弗兰茨在文中都受到了称赞,说他们演得很到位,甚至连在第二幕中三次登台给狗送上杏酱馅儿点心的厨师也得到了夸奖。而在剧评结尾的一段中,作者这样写道:"只是,为什么剧中饰演王子弟弟的演员总是气喘吁吁地待在舞台上,时不时说句和剧情无关的'我没意见'?这实在令人费解。剧作者如若能舍弃这个对音乐剧整体效果毫无作用

Der Hund kommt!

的人物形象,演出效果一定会更好。"

猪举着报纸咚咚地跑到狗面前。"快看看这个吧!"它气哼哼地说,"我一定要给写这文章的白痴一点儿颜色看看!我要让这没有品位的傻瓜睁大眼睛看看我是谁!"

"你有什么打算?"狗问这话时由于担心,额头上已挤出了三道深深的皱纹。

"今天晚上台上见吧!"猪很神秘地宣告道。

"请你千万不要胡来!"狗提醒它说,"那只会越弄越糟糕,让你自己下不来台。"

"哼,我才不怕呢!"猪大吼道,"自从我跟你待在一起,我一直很幸运。在交好运的时候我没有办不成的事!等着瞧吧!"

那天晚上,当剧院的大幕拉开,狗像每晚演出时一样坐在王子的宝座上,猪蹲在宝座旁边的地上。

狗大声念着台词:

亲爱的宫廷侍从,我的弗兰茨,

狗来了

我已经急不可耐了!

三天之前我就向邻国的公主求过婚了!

要到何时她才会答应我呢?

为什么骑马的使者还不来?

啊,无限的渴望使我颤抖,

我的眼泪就要夺眶而出了!

这时候猪本应说一句"我没意见,哥哥",但这一回,猪没有念它的台词,而是爬起来,围着王子的宝座来回来去地翻跟斗,嘴里还哼唱着:"来吧,亲爱的特拉拉拉,再来一个,特拉拉拉!"

观众们大笑起来,有些人开始鼓掌,坐在第一排的一位染着金发的胖太太高声喊着:"好哇! 好!"

接着,宫廷侍从弗兰茨走上了舞台。他手上捧着一只大信封,开口说道:

我的王子殿下,

Der Hund kommt!

您急切盼望的消息终于到来了!

王子忙抓过信封,抽出一张信笺来读道:

尊敬的王子,我不得不对你说,
我不能够和你缔结姻缘了,
因为我的心早已属于狼狗伯爵了。
尽管我的决定会给你带来痛苦,
但决定了的事就再也不能改变!
请你到别的国家去另择佳偶吧!

按剧情发展,狗念到这里就应该大声哭起来了。但这天晚上,还没等狗开始哭,猪就又在台上翻起跟斗来了,一边翻一边还尖声尖气地嚷嚷着:"我没意见,哥哥! 我同意,哥哥! 我没意见,哥哥!"

观众又是哄堂大笑。这一次,几乎所有人都鼓掌了。第一排那位金发胖太太干脆站了起来,像发了疯似的高

狗来了

呼:"好哇,太棒啦,棒极啦!"

宫廷侍从弗兰茨一把把猪抓住,想把它拖到布景后面去。可是猪拼命抵抗,猪蹄子乱踢乱蹬,嘴里还叫唤着:"马上放开我!我是主角!没有我,这出戏就演不下去了!快点放开我呀!"

这个场面比猪翻跟斗和唱"特拉拉拉"歌更让观众兴奋。观众的笑声像暴风雨一般,震动着剧院的墙壁。所有的观众都在热烈鼓掌,那位金发的胖太太甚至一个劲儿地挥手向猪送飞吻。

"赶快闭幕!"剧院经理站在布景后面大声喊道。大幕缓缓地落下来了,经理急速奔到台上。"猪是不是发疯了?"他大吼着,"马上把它拉下台去!把它赶走!"

"我倒正想走呢!"猪叫道,"但是这个讨厌的家伙死拉着我不放,叫我怎么走?!"

宫廷侍从弗兰茨把猪放开,猪一下子就朝幕布的方向跑过去了。经理忙蹿上去拉住了猪尾巴,可猪还是从幕布的下面钻了出去。因为经理抓着猪尾巴不肯松手,所以他

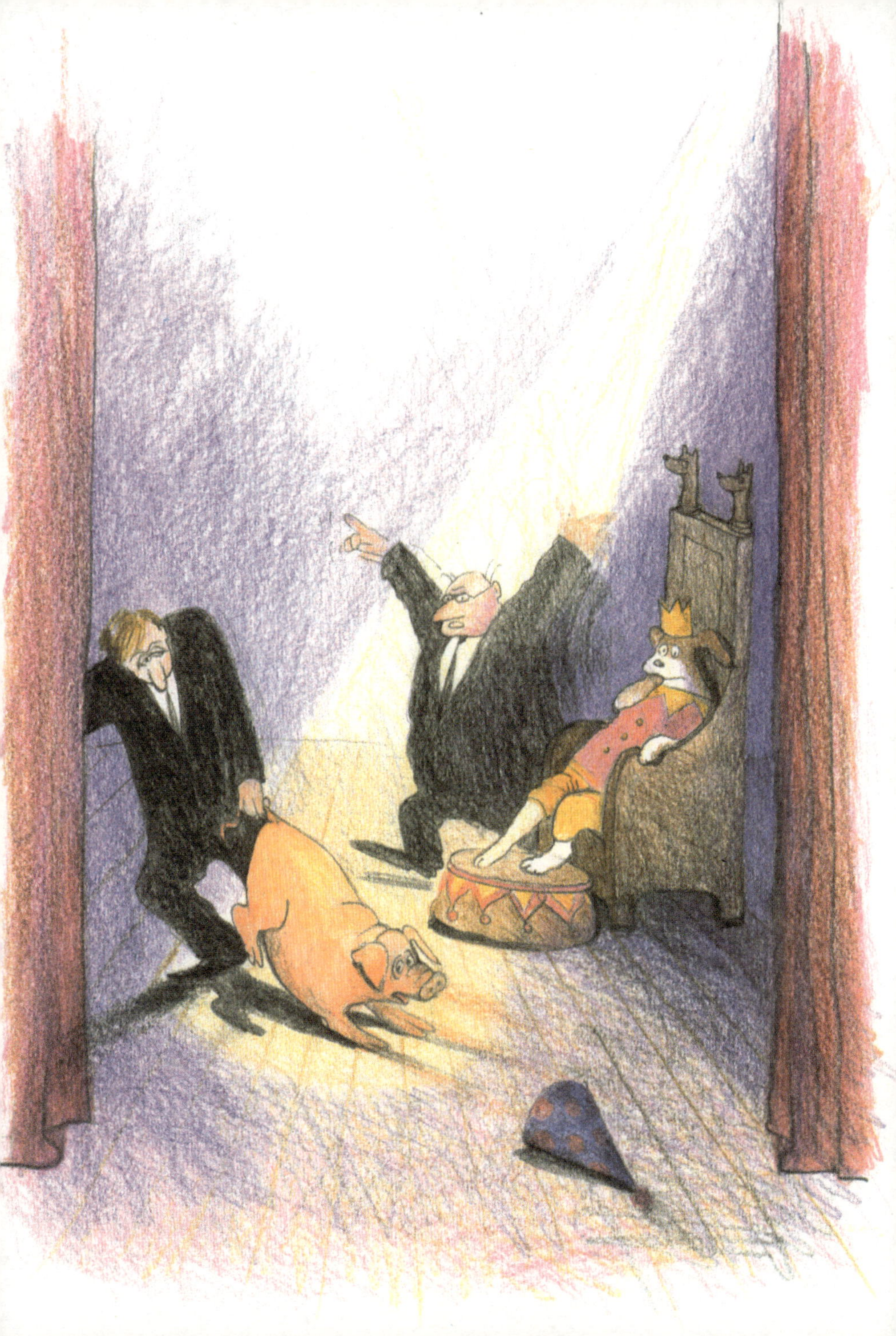

狗来了

也跟在猪后面被拖了出去。忽然间,他发现自己已经和猪并排来到了大幕外的舞台边上了。

猪微笑着向欢呼鼓掌的观众们频频点头、鞠躬。经理没有别的选择,只好也站起来,跟着猪一起对着观众微笑和鞠躬行礼。但他的怒火并没有平息,所以,他趁所有人不注意,抬起手来朝猪的后腰猛击了一拳。猪一下子失去了平衡,从舞台上跌了下去,不偏不倚,刚好落到了金发胖太太的怀抱里。

"噢,真是太荣幸了!"胖太太高声叫喊道,"我还从来不曾把一位演员抱在怀里过呢!"

狗把王冠从头上取了下来,把爪子里握着的权杖也立到了宝座的旁边,然后不声不响地溜回化装室去了。

"一切都结束了。"狗对自己说,"我还是在经理赶我走之前自己走掉更好些。"

它戴上黑礼帽,围上红白条围巾,系好旅行腰包,悄悄离开了剧院。直到它走到大街上,还能听得到剧院里此起彼伏的欢呼声。

Der Hund kommt!

狗走到剧院后方的停车场,猪的摩托车就停放在那里。狗将自己的蓝色旅行包和棕色皮箱从摩托车的行李架上卸了下来,然后从旅行包里取出了一张信纸,坐在车旁边写了起来:

亲爱的猪:
现在我们该分道扬镳了。
今后一定会有更多的好运气在等待着你。
这一点我确信不疑。

你的朋友狗

狗把写好的信用一根鞋带系在摩托车的车把上,然后,它用右前爪提起皮箱,左前爪拿起旅行包,在夜色中上路了。走着走着,它又用口哨儿吹起它熟悉的那九首曲子来了。这一刻,狗的心情非常轻松愉快。身边不再有猪这样的朋友了,狗觉得是十分值得庆幸的事。

几天之后,狗在一家咖啡馆里休息时,从报纸上看到

狗来了

了这样一条消息：

剧院演出空前成功！

《王子寻求幸福记》近日上演新版本，剧中增添了许多滑稽热闹的场面，演出的时长也压缩了不少。长期甘当配角之后，艺术家猪在演出中大展才华，获得空前喝彩。

一个星期后，狗路过一个报刊亭。它看到被放在最上方的报纸的头版刊登了一幅大照片，照片上是猪和一个与它脸贴着脸的胖女人。狗认出那就是猪扑通一声跌进她怀里去的金发胖太太。照片上的胖太太面带微笑，头上戴着一个花环。照片下面的文字说明是：

上流社会的隆重婚礼！

本城最大香肠制造厂的女老板今日与城市剧院的喜剧演员猪先生喜结良缘。据悉，这是一桩源于一见钟情的婚姻。而令人遗憾的是，猪先生从此将告别演艺生涯，参

Der Hund kommt!

与到夫人的事业经营中去。

　　念完报上这段文字之后,狗喃喃自语道:"不错,总算如愿以偿,幸运到家了。"狗非常轻松地吹着口哨儿,继续向前走去。

第三章
狗到了学校

狗独自一个走了好几天。一路上，它难得有机会讲话，顶多不过是点头回应一下路人的友好问候，或是跟它投宿旅店的店主寒暄两句而已。但狗并不感到无聊，因为它经常自己跟自己交谈。为了让这种自我交谈听起来不单调，狗用了两种不同的声调。它会先哼着低沉的鼻音向自己提出问题，然后再改用高亢的吠叫声来回答自己。

除此之外，狗在路途中很注意观察周围的一切，看到了好多新鲜的东西。它尤其喜欢观察花草、甲虫和蝴蝶。它把这种观察称为"用大脑去拍照"。到了晚上，它躺在旅

Der Hund kommt!

店的床上时，就可以整理编排头脑里的这些照片了。狗在自己的脑袋里设置有一套按字母顺序、从 A 到 Z 排列的卡片索引。遗憾的是，狗不知道它所见到的花草、甲虫和蝴蝶的名称，而可以查找到这些内容的百科全书和辞典，狗又没有装进旅行箱里随身带着，因此，狗只好给它们起个新名字了。比如，它把一种甲虫命名为"勤奋者"，另一种命名为"管家太太"；它给一种花起名叫"露滴"，另一种叫"雪花白糖"；而它给蝴蝶起的名字有"朝霞"和"满天星"。狗最喜欢观察的还要数云彩了。它把观察到的各种云朵用"忧郁""开怀欢笑""软心肠""送别""我又来了"等名称一一存放在头脑中的索引卡片里。

有一次，在一个暖洋洋的下午，狗躺在一片草地上看云彩，用大脑给一片一片羽绒般的洁白云朵拍照。它躺了很长很长时间，直到太阳从地平线上消失了它才慢慢站起来。因为躺的时间太久，狗起来后感到腰部发僵，活动很不得劲儿。

"不会是风湿痛吧？"狗担心地低声问自己。

狗来了

"可能多少有点儿……"它又回答自己说,"草地总是有些潮湿的,这对上了年纪的老狗的后腰是很不利的!"

"那我应该尽快找一张床舒舒服服睡上一夜了吧?"狗又问自己。

"越快越好。"它马上给自己一个回答,"僵疼的后腰急需躺到软和的地方!"

狗在这一点上可是大大的错了,腰疼的时候应该睡在硬床上才对。不过也难怪它会搞错,狗在医学方面并没有受过什么专门教育。

狗动身去找投宿过夜的地方。它走进的第一家旅店客满,没有空房间了;第二家旅店的房价太贵,狗觉得住不起;第三家旅店的门口挂着"内部装修,暂停营业"的牌子;当它走到第四家旅店门口时,天已经完全黑了,看到店门外的牌子上写着"有空房间,欢迎光临"时,狗这才松了一口气。正在它想推门进店的时候,有一个很胖的男人和一个跟他一样胖的女人从门里冲了出来。胖男人用手在肚皮上抓痒痒,胖女人在屁股上挠个不停。"简直不是

Der Hund kommt!

人住的地方！"胖女人大声对着狗说。"应该投诉这鬼地方！"胖男人也冲着狗喊。接着，他们俩告诉狗，这家旅店的客房里到处都是跳蚤和臭虫。他们还把胳膊和大腿上被跳蚤叮的和被臭虫咬的大大小小的包指给狗看。

狗谢过他们的提醒后，又继续朝前走了。但是它感觉到后腰越来越痛了。狗没有别的办法，只好把脖子上围的毛围巾解下来，围在腰上。它想，毛围巾可以保暖，而暖和一些对又痛又僵的腰会有些帮助。此时已将近午夜了，狗还在月光下四处寻找住处。虽然围着毛围巾，但腰痛让狗越来越难以承受了。同时，它也非常困倦，在不住地打着哈欠。狗决定，走到下一个村子，看到第一幢房子时，不管那里住的是什么人，它都要马上央求人家让它住下。

"这样做当然是有失绅士般的风度了。"狗对自己说，"可要是再不快点躺到床上去的话我就会瘫倒，我的腰就会完全报废了！"

下一个村子的头一幢房子是所学校。狗绕着房子走了一圈，又打开手电筒，朝房子里看了半天。有两扇窗户的

狗来了

房间是教室,有一扇小窗户的是厕所,还有一扇窗户后面的房间里摆着一张写字台和一把椅子。狗看来看去也没看到值班室,或者哪扇窗户后面有睡在床上的守夜人,但它发现房子后面走廊的窗户是敞开着的。

"要是房子里没人的话,"狗一边对自己说着,一边已经从敞开的窗口跳进房子里去了,"那就对不起了,我无法先请求允许再睡在这儿了。"狗决定到有写字台的那个房间去睡觉,因为那里铺着厚厚的地毯。狗用旅行腰包做枕头,把围巾当被子盖在身上,在写字台的下面给自己安顿了个很舒服的窝。

在睡着之前,狗想:私自闯入别人的房子是违法的。我明天必须起个大早,趁没人发现赶紧溜掉。不然的话,老师们把警察找来,我可就要蹲监牢了!

但实际情况跟它想的完全不一样。狗睡过了头,一直到铃声大作时它才惊醒。那是学校的上课铃。那铃声好像一下子刺中了狗浑身上下所有的穴道,使它心惊肉跳,不知所措了。等它从这突然而至的惊恐中稍稍平复下来一

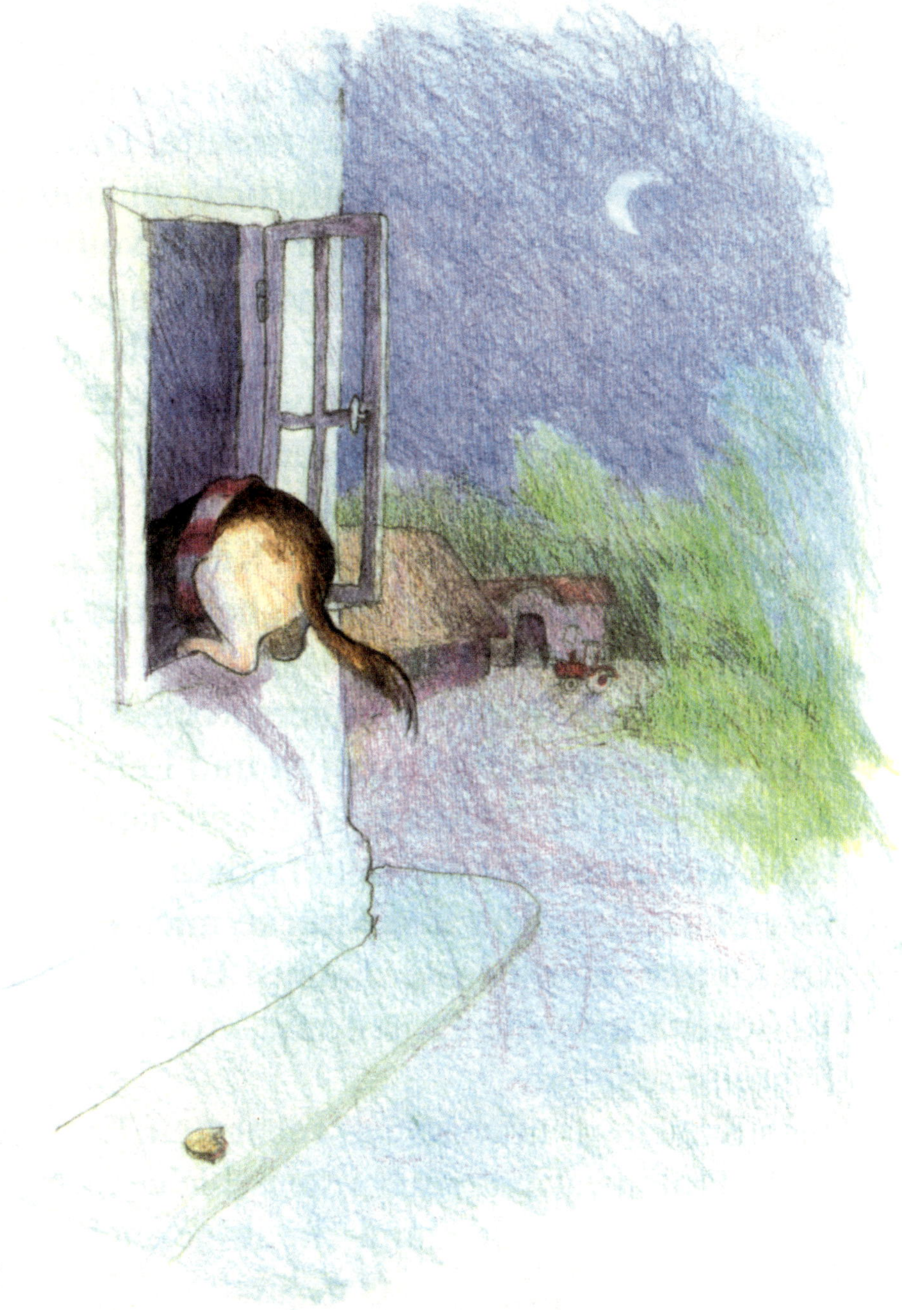

狗来了

些之后,才从写字台下面伸出头去向外张望。

它看到房间的门是开着的。门外的走廊上有许多小孩子正围着一头熊。有一个孩子问熊:"校长先生,我们的新老师今天会来吗?"

熊说:"他们答应过的。可现在八点钟已经过了,一个老师头一天上课就迟到是很少有的事,说不定又节外生枝,有什么麻烦了!"

狗想:我还是赶紧偷偷溜掉吧,我可以从窗口跳出去。于是,狗用爪子提着它的行李,悄悄地从写字台下面爬了出来。

它的后腰还是僵硬的,一活动起来就疼。它踮起爪子,本想一下子蹿到窗台上去。通常情况下,这些蹿呀、跳呀都是狗的强项,可是拖着一个又僵又痛的后腰的情况下,想要跳上窗台就很难了。狗没蹿上去,摇晃着摔到了地上。它的身子撞到了写字台,提着的行李又正好砸到了椅子的钢扶手上,这响声自然就更大了。

熊转身朝屋里一看,看见了狗,它马上进屋朝狗走过

Der Hund kommt!

来:"噢,原来您在这里,新同事先生,欢迎您的到来!"

狗明白自己被当成新来的老师了。但是,被误认为老师总比被认定为非法闯入者更容易让人接受一些,所以狗没有反驳。

"我们这所学校基础薄弱,和别处比起来要矮上一截儿。"熊说。

"孩子们的身高都很正常,不比别处矮。"狗接茬儿道。

"哈哈,您说话真风趣!"熊大笑着说道。它拍了拍狗的肩膀:"我喜欢谈吐诙谐的老师。您的前任是个'气包子',成天发火,结果害得他的胆囊出了毛病,现在只好住进了医院。"

"可怜的人哪!"狗喃喃地说。它其实并没有弄明白,为什么熊认为它说话很风趣。

"您更愿意教哪种?"熊问。

"对我来说应该都一样。"狗嘟囔道,因为他并不知道熊指的是什么。

狗来了

"那就我来教大的,您去教小的吧。"熊建议道。

"我没有什么意见。"狗回应着。它想:很快我就能发觉,小的和大的在这里指的是什么了。

"气包子先生原来也是教低年级四个班的。"熊解释了一句。

这下子狗明白了,小的和大的指的都是学生。"请问,我尊敬的前任已经教到教学大纲的哪一阶段了?"狗问道。它为自己能说出这样一句内行话来而沾沾自喜。

熊考虑了一下。"是这样的。"它说,"一年级教到学数数,二年级是乘法表,三年级是多位数乘法,四年级教到了除法。不过孩子们把这些又都全忘光了,因为自从气包子先生生病以来,我们上课时就只是坐在一块儿唱歌了。我没办法一下子教八个年级呀!"

熊把狗带进了一间教室,里面坐着二十个孩子。个子最矮的坐在第一排,稍微高一点儿的坐第二排,再高一些的坐在第三排,坐在第四排的孩子已经相当高了。

"这位是代课老师。"熊对孩子们说,"你们要听它的

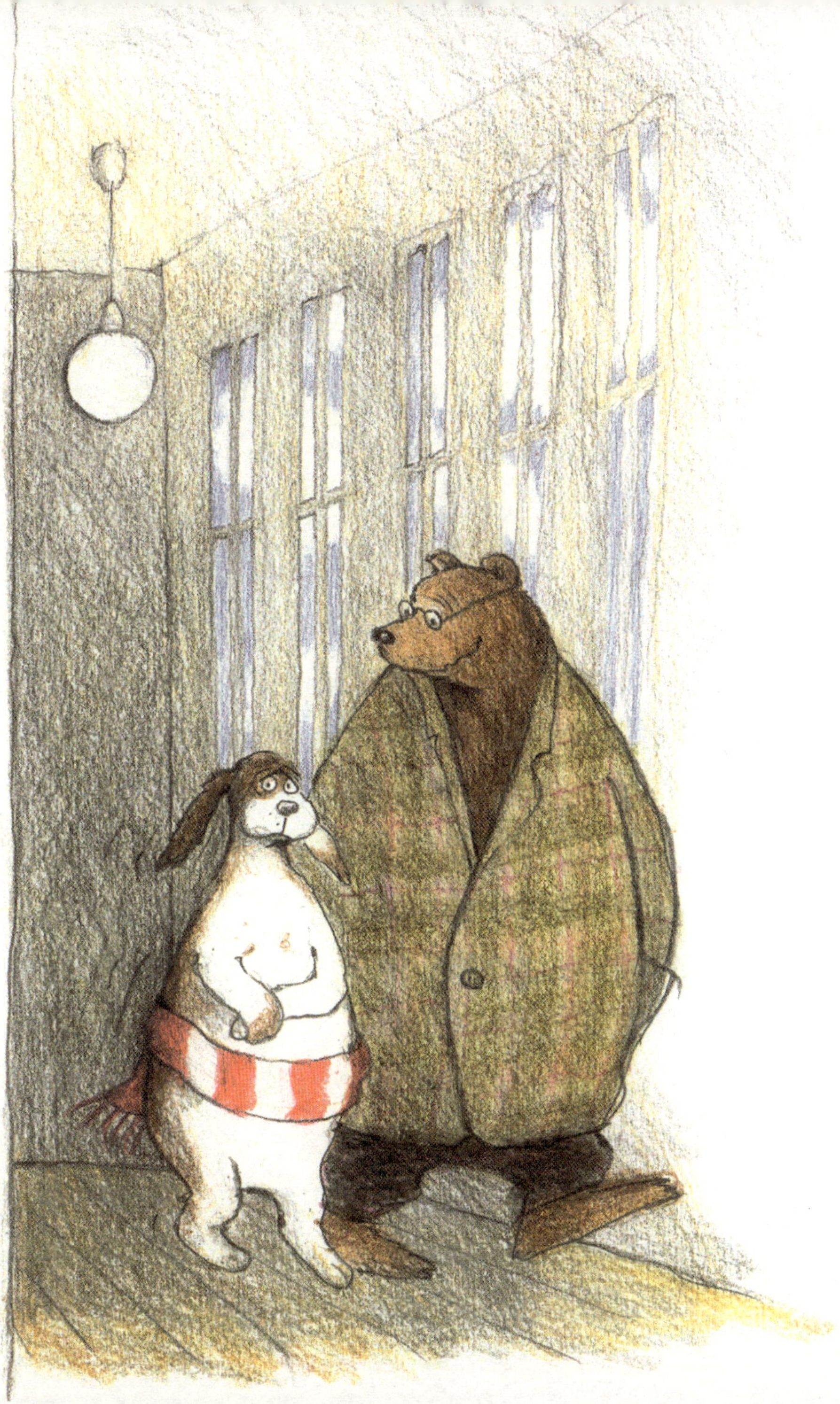

狗来了

话！"熊向孩子们点了点头就离开了教室。

狗注视着孩子们,孩子们也都目不转睛地瞧着狗。狗咳了一下,清了清嗓子。"嗨,我名叫狗!"它开口道。

"我名叫安娜。"坐在第一排的一个小姑娘说。

"我很高兴。"狗在安娜面前鞠了一个躬。

"我名叫彼得。"坐在最后一排的一个男孩喊道。

"我很高兴。"狗又鞠了个躬。

"他撒谎!"坐在第三排的两个女孩齐声叫着,"他的名字叫伊格纳茨!"

"要是他更喜欢叫彼得的话,"狗说,"我照样表示同意!"

"那我更喜欢叫卡门。"安娜说。

"好的,那就叫卡门吧。"狗说。

第二排的一个男孩举起手来。

"有什么事,请讲吧!"狗对他说。

那男孩站起来:"要是我也给自己起一个新名字的话,以后我的成绩单上会写哪个名字呢?旧的还是新的?"

Der Hund kommt!

"我从来不喜欢什么成绩单。"狗说。

"今年没有成绩单了吗?"男孩又问。

"很遗憾,还得有。"狗回答说,"但要等到期末,气包子先生回学校时,由他来填写。"

"那是不是在您这里什么都学不到了呢?"男孩接着问道。

"你应当随时随地学习。"狗说,"什么都学不到是不可能的。如果你在我这里什么都学不到的话,那其实你至少已经学到了这一点——原来还有在他那儿什么都学不到的这种老师呀!"

男孩惊讶地张大了嘴巴,直愣愣地望着狗。这让狗感到很别扭。很快,它就不再只对着这个男孩,而是向所有的孩子讲话了:"我把你们能从我这儿学到的东西全都列举出来,由你们来选择学什么,你们看怎么样?"

这次,是所有的孩子都张大了嘴巴,目瞪口呆地看着狗了。

"还是我向你们学点什么?"狗又问道。它环视了一下

狗来了

整间教室,看到并没有人举手。"好吧。"狗叹了一口气,说,"那我们就从气包子先生没讲完的地方接着往下学吧!"

狗当然识数,加减乘除都算得极好。它不仅会背九九乘法表,甚至还能一直背到三十七乘三十七。但是,它不知道怎样才能教会孩子们,也不知道如何才能同时给这些人讲这个,又给另一些人讲那个。狗想给自己争取点时间,于是说:"请你们把算术练习本都拿出来。"狗记得自己上学的时候老师就是这么说的,它觉得这么做不会有太大问题。可是这一天,没有一个孩子把算术练习本带来,他们都只带了音乐课的歌本,因为这几个星期熊一直让他们唱歌来着。

狗突然想起,它最小的儿子很喜欢用小球来演算数字。接着它又想到,樱桃看上去和小球很相像。而眼下正是樱桃上市的季节。

"你们这儿卖水果和青菜的商店在哪里?"狗问道。

"在村子的另一头儿。"卡门/安娜说。

Der Hund kommt!

"现在我们就到那里去。"狗对学生们说。它这回不再问孩子们是不是愿意这么做了,因为它知道,就算问他们有什么想法的话,他们也只会张开嘴巴,傻傻地看着他。

那个刚才对成绩单感兴趣的男孩站起来问:"到水果和青菜商店去算哪一门课?"

狗回答道:"往那儿走的路上进行交通安全教育,买东西时学习消费策略,而从那儿回学校的路上上体育课,因为我们要用一条腿蹦着走!"

狗领着孩子们从村子里穿过。路上它没能进行很多交通安全教育,因为村子里根本没有什么交通。他们只碰到一辆拖拉机开过来,而且是行驶在大路当中的。狗冲着拖拉机驾驶员大喊:"靠右边行驶!"

在去卖水果和青菜的商店之前,狗把孩子们领进了储蓄所。它拿出两张一百先令的钞票,在柜台全换成了五先令的银币。

"我们能换到多少个银币?"狗问孩子们。

"四十个。"一个四年级的男孩子回答道。

狗来了

"你们一共有多少个孩子?"狗问一个一年级的小姑娘。

"我不知道。"小姑娘说。

"你去数一数。"狗对她下达指示。

小姑娘伸出手指头去数,从一数到了二十。

"我们有四十个银币,你们是二十个孩子,那么每个孩子可以得到几个银币?"狗问道。

"二乘二十等于四十。"三年级的一个男孩子叫道。

狗点点头,发给每个孩子两个银币,然后,他们一起走进了卖水果和青菜的商店。店里摆着三个品种的樱桃:黄色的、淡红色的和紫红色的。狗先在柜台前做了一篇关于樱桃的演讲,告诉孩子们如何区分它讲到的甜的和酸的樱桃,熟透后开始腐烂的和被虫子蛀了的樱桃,以及喷洒过化学农药的和属于绿色食品的、纯天然生长的樱桃。

卖水果的女人很不高兴。"您在贬低我的商品,把它们说得一文不值吗?"她疑惑地问。

当狗叫孩子们尝一尝每种樱桃,从而决定要买哪一种

Der Hund kommt!

时,卖水果的女商贩十分恼火。"这样的顾客我宁可不要!"她叫嚷道。

"尊敬的夫人,"狗对女商贩说,"我们不是普通的顾客。我们正在这里上课。"

"在我的店里上课?"女商贩非常惊讶。

"当然了。"狗说,"水果和青菜是生活中必不可少的。这对孩子们非常重要!"

这下子,女商贩没话可说了。她乖乖地给每个孩子称了四分之一公斤樱桃,收了银币后又找回几个零钱给孩子们。

狗对孩子们说:"把找回来的零钱好好数一数,因为小孩子很容易上当受骗!"听了这话,卖水果的女人也没再发怨言。

出了商店,狗和孩子们都用一条腿蹦着回学校。狗规定两条腿可以轮换着蹦,先用右腿蹦十三下,然后再换左腿蹦十三下。那一天阳光普照,天气很好,所以回到学校后,狗让孩子们都留在校园的院子里,狗教他们练习吐樱

狗来了

桃核儿。把樱桃核儿吐得最远的是四年级的泰森/哥特力伯。他吐的距离达到了十二米又十七厘米零三毫米。但遗憾的是,孩子们在吐核儿竞赛中把所有的樱桃都消耗光了,连一颗都没有为算术课留下。

狗想:孩子们在储蓄所数过钱、数过人数,平分过钱,乘和除的练习都完成了;在商店里买樱桃后他们都计算过找回的零钱;在回学校的路上,两腿交换跳时重复了数数的练习;在吐樱桃核儿比赛中把计算精确到了毫米。对一天的算术课来说,这些已经足够了!

"今天就到这里了,下课吧!"狗对孩子们说。

孩子们都跑回家去了。狗独自留下,把院子里到处都是的樱桃核儿捡到一起。这对它那一直还隐隐作痛的腰来说,是相当吃力和痛苦的事。但是狗知道,孩子们都不乐意干清理工作。狗也知道,孩子们特别不喜欢有人强逼着他们去打扫和收拾。

狗也说不清为什么,反正它就是想给孩子们留下个好印象,让自己永远留在他们美好的记忆中。

Der Hund kommt!

狗离开了学校,发现在村子中心广场的边上有一家很漂亮的旅店。它进去开了个房间后,马上就躺到了床上,因为它的腰实在太不舒服了。它希望明天早上能恢复过来,让它又能步履轻快地继续向前赶路。

第二天早上,狗的后腰果真不痛了,动作也灵活多了。它感觉自己饿极了,就走下楼去,到餐厅吃早餐。它选了熏肉丁煎鸡蛋、奶酪、黑加仑果酱,以及一杯咖啡。

狗津津有味地大口吃着早餐,感到十分惬意。它把旅行地图摊开放在桌子上,一边吃一边考虑接下来应该朝哪个方向走好。

它决定朝南走,因为旅游地图上标示着,朝南步行一天可以到达一个很大的湖。狗觉得,在大片的水面附近肯定有需要自己的工作,比如保安巡逻犬或是游泳救生犬之类的。

当狗从旅游地图上抬起头时,看到坐在教室第一排的卡门/安娜和坐在第三排的罗里塔/埃娃站在了它面前。

"你们怎么会到这儿来?"狗惊讶地问。

狗来了

"我们是旅店老板的女儿。"卡门/安娜说。"咱们得走了,老师,马上就八点钟了!"罗里塔/埃娃说。

"你们先走吧!"狗说。它因为说谎而十分羞愧,脸都红了,只不过人们看不到,因为狗的脸上长满了毛。

"在您到学校之前,"卡门/安娜说,"我们反正也什么都学不了,不如和您一起走呀!"

"我会赶上你们的。"狗说,"我跑得比你们快呀!"

"那可不一定。"罗里塔/埃娃说,"我们可是这个村子跑得最快的小孩儿了,没有人能赶上我们!"这时,站在酒柜后面的旅店老板叫道:"没错!她们跑步的速度非常快。老师,我的女儿们比您更能跑!"

狗意识到,这回它是逃不掉了。它抹了抹嘴巴站起来,心想:看起来我只好再到学校去干一天了。装四个钟头的老师总比被关四个月的禁闭好受得多!

狗现在已经有双重的违法行为了。它不单未经允许擅自闯入学校,而且还冒充自己是教师。狗很清楚,后一种违法行为的罪名叫"僭冒职务"。

Der Hund kommt!

狗和旅店老板的女儿们一起跑到了学校。尽管狗在最后几分钟拼命冲刺了一下,但卡门/安娜和罗里塔/埃娃还是比它早了三大步到达了校门口。熊正站在那里,摇晃着手里的一封信。

"您看看这个吧,我的同事。"熊叫喊着,"教育局的官员真是昏头昏脑,稀里糊涂了!"它把信递到了狗的嘴巴下面。

狗念起那封信:"……遗憾的是,三周之后我们才能派一位代课教师到您的学校去……"

"这就是说,一个部门根本不知道另一个部门做了什么!"熊叫道,"他们已经派出一位代课教师了,可同时又发函来说他们派不出!"

令狗感到庆幸的是,此时上课的铃声响了,这样它就可以到它教的班级的教室去,而不用再站在那儿跟熊谈论那封信了。

"今天,"狗对班上的孩子们说,"我们要写一篇作文。能把作文写出来的就把它写下来,如果谁还不会写,就请

狗来了

把要写的内容口述给我听。"

"作文的题目是什么？"德吉洛/罗莎问。

"随便写点什么不同寻常的、特别有意思的事吧。"狗说，"你们最近经历过什么特别了不起的、棒极了的事吗？"

卡门/安娜大声说道："今天早上和您赛跑！"

彼得/伊格纳茨说："昨天上午跟您去买樱桃！"

"除此之外还有什么吗？"狗觉得有些失望。虽然孩子们说和它一起做的事很有趣，可除此之外他们再没有经历过什么特别有意思的事了。他们的生活很枯燥，很无聊，村子里的生活经常让他们感到闷得慌。

狗考虑了一下，然后开口道："看来我们只好这么做了。为了能写好这篇作文，我们首先得经历一次不同寻常的、好得不得了的事情。你们说，那会是什么样的事情呢？"

"飞到月球上去！"一个男孩喊道。

"很遗憾，没人会带我们去。"狗回答说。

Der Hund kommt!

"我们抓到了一个抢银行的强盗!"另一个孩子叫道。

"我们一下子是抓不到强盗的!"狗摇了摇头说。

"我们去寻找宝藏!"又有一个孩子喊。

"宝藏在哪里呢?"狗问。

"我不知道。"那个孩子回答。

"我也不知道。"狗又摇了摇头。

"我们去见一个鬼魂吧!"一个孩子喊道。

"啊,太对了!"这回,所有的孩子都喊起来了,"一个鬼魂,这可太不同寻常了!"

"好吧!"狗说,"我们就去找一个鬼魂,学校的地下室里碰巧就住着一个!"

狗领着孩子们走出教室。他们全都踮着脚,静悄悄地向地下室走去。当所有孩子都进入地下室后,狗把所有的灯都关上了,因为鬼魂只有在漆黑一片的地方才肯开口讲话。

"尊敬的鬼魂,请原谅我们打扰了您在大白天里的休息。"狗用低沉的语调,在伸手不见五指的一片漆黑中吼

狗来了

叫着。

然后它轻轻地哀鸣了一声。

接着,狗又低沉地吼叫道:"我的学生们很想见见您!"

然后它又小声哀鸣了一下。

接下来,狗又用低沉的嗓音叫道:"嘿,如果您只是哀鸣,我们就不明白您是怎么想的了。"

"对不起。"狗尖着嗓子,用高音哀诉说,"因为长年过着孤寂的日子,我已经不习惯讲话了。"

狗又低沉地吼叫道:"为什么您总是独自待在地下室里,不到上面去找我们说话呢?"

狗尖着嗓音哀诉:"一个鬼魂是不可以到有光亮的地方去的!"

狗换成低音叫道:"请问您到底是什么生物的鬼魂呀?"

狗又尖声哀诉道:"这我老早就忘掉了!"

狗用低音吼叫着:"也许我们能解救您吧?"

Der Hund kommt!

  狗换了尖细的嗓音说:"当然能了!要真把我解救出来可太好了!"

  狗又低沉地吼叫:"为了拯救您,我们得怎么做呢?"

  狗又尖着嗓子说:"可惜我把这个也给忘了!"

  孩子们都全神贯注地谛听着这场对话,紧张得连口大气都不敢出。但是狗对它自导自演的这段双声部对话已经有些厌倦了。因此它用低音大吼道:"那就谈到这儿吧!既然您把什么都忘光了,我们也就没法儿帮助您了。我们这就要回到上面去了,您多保重吧!"

  孩子们开始抗议了。他们很同情这个鬼魂,无论如何也想要把它解救出来。

  这可叫狗犯难了。它想:一个根本就不存在的鬼魂要怎么去解救呢?在狗思考着解救办法的时候,一只肥大的红头苍蝇嗡嗡叫着,围着狗的耳朵飞来飞去。这只地下室里的苍蝇在黑暗中看不清路,不知该朝哪儿飞了。狗可是个经验丰富的逮苍蝇好手,一爪子就把在这只在它耳边搅得它心烦的讨厌家伙给抓住了。就在它把苍蝇抓在掌

狗来了

心里的那一瞬间,它突然就想出了一个好主意。

"鬼魂哪!"狗低声吼叫着,"解救你,我们是做不到了,因为你这个笨蛋根本记不得解救自己的办法了。但是,我们能让你变个样子,把你变成一只大个儿的红头苍蝇。这样一来,你就不用再怕大白天的光亮,能够在大千世界里到处飞来飞去了。你愿意变吗?"

"哇,那可太棒啦!"狗用尖细的嗓音叫道。

"那我们就要念变身的咒语了!"狗又改用低音吼叫着。接着,它走到孩子们跟前,叫他们跟着自己一起念:

可怜的鬼魂变成肥硕的苍蝇,
战胜黑暗的煎熬和困在地窖里的磨难,
不再忧伤、不再孤寂,
又可以享受生活的欢乐!

孩子们跟在狗的后面,一句一句地齐声念着。最后,狗一边大声吼叫着"变",一边把地下室的灯全都打开了。

Der Hund kommt!

"苍蝇在哪里？"孩子们叫道。

狗举起了它握着的右前爪。孩子们把耳朵贴过去，听到从里面传出了苍蝇嗡嗡嗡嗡的声音。孩子们一个个都非常兴奋。

狗带领孩子们回到了教室。它站在讲台前，张开了握着的爪子，那肥硕的红头苍蝇立刻高高地飞起来，绕着教室屋顶上的灯飞了三圈，然后嗖地就从窗口飞出去，没影儿了。

"太神奇啦！真了不起呀！"孩子们纷纷叫道。

大一些的孩子们坐下来，开始写作文，作文题目就叫作《我们是如何把鬼魂变成一只苍蝇的》。

而年纪小的孩子都围坐在狗的身边，争着给它讲苍蝇鬼魂的故事。大概有十个孩子给狗讲了故事，这十个孩子都发誓说他们看见鬼魂了。他们都说鬼魂个子很高大，而且还胖得要命。他们还说，因为体形肥胖，鬼魂浑身的肉都在抖动，软嘟嘟的就跟果冻布丁差不多。

狗本打算中午下课后就马上悄悄溜走的，但它答应过

狗来了

孩子们要批改他们的作文,并用红笔在每篇作文上都写上个大大的"优"字。所以,放学后它很快赶回旅店,还向旅店老板借了一支红色的圆珠笔。

狗坐在房间里看作文,用红笔给每个人都批上"优"字。作文里出现的错字它没去改正,因为狗不想用红笔在上面勾勾画画,把写得那么漂亮的作文搞得一塌糊涂。看完作文后,狗还给孩子们写了一封信。

它写道:

亲爱的学生们:

像你们这样可爱的学生,我还从来没有教过,以后肯定也不会再教了。遗憾的是,今天我就要离开你们了……

狗把信写到这里,就把圆珠笔放下了。它对自己说:"在重要的事情上可不能对孩子们说谎。"它把刚写的信纸揉成了一团,又从头写起:

Der Hund kommt!

亲爱的学生们：

我根本就不是一名教师。我只是一只很普通的、四处漫游的老狗。请你们不要生我的气，和你们相处的日子是非常美好的。

永远不会忘记你们的狗

狗跑下楼去，找旅店老板要一个装信的信封。可惜旅店老板没有信封，狗只好跑到商场去买。

商场的女售货员送了一个信封给狗。她说："我的儿子伊格纳茨是您班上的学生。他对我讲，您是一位了不起的好老师！"

狗拿着信封回到房间时，卡门/安娜和罗里塔/埃娃正坐在它的床上。她们俩看上去都很伤心。

"我们想带些花给你。"卡门/安娜说。

"为的是让你在这儿能住得更愉快。"罗里塔/埃娃说。

"可我们无意中读了你写的信。"卡门/安娜说。

狗来了

"反正你的信也是写给我们的。"罗里塔/埃娃说。

狗低下了头,两眼凝视着自己的后爪尖儿。它感到无比羞愧。

"你不是受过专业培训的教师,这对我们并没有什么妨碍。"卡门/安娜说。

"其他的同学肯定也不会计较这一点。"罗里塔/埃娃说。

"我们全都非常非常地喜欢你!"卡门/安娜说。

狗深受感动。它从旅行腰包里掏出手帕,擤了擤鼻涕。

"至少再在我们这儿多留一个星期吧!"罗里塔/埃娃请求着。

"起码待到明天吧!"卡门/安娜也请求道。

"好,我听你们的。"狗轻声说道,"我明天再和你们待一天。"它擦拭掉因感动而流下的眼泪,把手帕又装回了腰包里。狗无法拒绝喜欢它的人所提出的请求。

狗又留下当了十天的老师,因为孩子们每天都请求它

Der Hund kommt!

再多待一天,仅仅是一天。它班上的所有孩子都知道它不是真正的教师了,卡门/安娜和罗里塔/埃娃把一切都告诉了同学们。大家都发了誓,绝不把这件事讲给别的人听,每个孩子也都严格遵守着誓言。他们和狗相处得好极了,狗差不多每天都带他们到学校外面去上课。有一次他们去了面包房,学习怎样烤各种面包和牛角饼干;还有一次他们去了园艺花圃,学习如何给种在花盆里的花换盆。他们还去过裁缝店、鞋匠作坊和一个农庄,还在学校的院子里栽过树。每个孩子都为自己种下了一棵树。有一次他们甚至找来粗大的毛笔,把学校房子那难看的灰色外墙全涂成了天蓝色!

在这期间,狗也没有忘记教孩子们算术、写字和阅读。在搞清涂刷整幢校舍需要多少颜料,发酵十三公斤黑麦面粉应该掺入多少面肥,或是剪裁七条长裤得用多少布料时,都是绝对离不开算术的。狗还总是要求孩子们把当天经历的事情记录下来,所以写字和作文的练习从不缺少。狗每天晚上还会写一篇有关自己生平的故事,第二

狗来了

天孩子们就可以拿来当阅读材料。

在狗到学校代课的第十二天,下了一场很大的雨。狗不方便带孩子们走出学校去上课了,于是就在教室里向孩子们讲述它头脑中的、那些卡片上记录的东西。狗首先讲的是收集在它头脑中的各种各样的云彩,在狗讲述的过程中,孩子们陆陆续续都站到了教室的窗子旁,因为他们也想学着用大脑去给云彩"拍照"。可遗憾的是,窗外的天空上到处都是铁灰色的阴云,连一朵飘浮的白云也看不到。而更可能令他们遗憾的是,他们无意中看到一辆汽车正朝学校开过来。那车子停在了学校外面。一个人从汽车里跳出来,撑起雨伞,跑进了学校的院子。那个人又高又瘦,看他的长相就像是一头驴子,或者也可以颠倒过来,说那头驴子长得人模人样的。这完全要看人们想怎么说了。

狗轻声对孩子们说:"可能是谁的家长来询问情况吧。"

孩子们摇了摇头。他们都认识自己同学的父母,连学

Der Hund kommt!

校其他年级的学生家长他们也都见过。"来的那位不是我们当地人。"他们说。

这下,孩子们和狗都静下来了。他们一动不动,寂静无声地站在那里。当来人走进校舍时,他们都清楚地听到了大门咯吱咯吱的响声,也听到了那个人在走廊上急促的脚步声和推开校长室房门的声音,以及他的喊声:"校长跑到哪里去了?"

"我马上过来!什么事这么急呀?"接着,他们听到了熊的喊声,还听到了熊从隔壁教室里嗵嗵地跑出来,向校长室奔去的声响。

孩子们和狗都没出声,他们蹑手蹑脚地走到黑板前,屏住了呼吸。黑板后面隔着薄薄的一面墙就是校长室,所以他们就像是听广播剧似的,听到了隔壁正在进行的对话。

"请问,有什么事找我?"熊问。

"我是从教育局来的。"来人说。

"非常荣幸。"熊说。

狗来了

"我们收到此地家长委员会寄来的一封信,信中希望我们正式聘任新来的代课教师长期任教,取代因病请假的教师。"那个人说。

"噢,是这样啊。"熊说,"我完全支持这个提议。孩子们都很喜欢新来的教师。"

"可我们从来没给这里派过新教师呀!"那个人说。

熊扑哧一声笑了。"您这话可真逗!"它说,"新教师到我们这里已经有两个星期了,难道您想告诉我,隔壁教室里站着的是个幽灵吗?"

"隔壁教室里要真站着个什么家伙的话,"那个人喊道,"那只会是个骗子!家长们的信上说,新来的教师是一只狗,可我们整个地区从未聘任过任何一只狗当教师!"

"快别瞎说了!"熊的声调有些惊恐。

"你这个校长,"那个人继续喊叫着,"把学生交给了一个江湖骗子!警察已经掌握这一情况了!那只狗马上就要被拘禁起来了!你、你也要承担后果!"

"孩子们,我必须离开这儿了!"狗悄悄地对孩子们低

Der Hund kommt!

语道。

"但是你不能从大门出去了。"卡门/安娜也低声说,"也许那里已经站满警察了。"

"那我就从窗口跳出去!"狗小声说。

"千万不能那样做!"彼得/伊格纳茨拉住了狗的尾巴,"因为他们会从校长室的窗户看见你的!"

"我们必须把你藏起来。"罗里塔/埃娃说。

教室里能把狗藏下的地方只有大柜子了。柜子里用隔板分成几层,分别放着画画用的颜料、练习本、粉笔和地图、胶水瓶和彩纸、橡皮和彩色铅笔。

狗不想躲到柜子里去。它觉得在一个长得像驴子的家伙面前躲藏起来有失尊严。但是,因为极度恐惧,狗的两条后腿一直在发抖,所以尽管它不愿意,孩子们还是没费多大劲儿就把它推到柜子跟前去了。

一个孩子把柜子门打开,两个孩子把柜子里的一层隔板抽掉了,三个孩子一起把狗塞进了柜子里,四个孩子连忙把柜门关好。彼得/伊格纳茨把柜子锁上,拔下钥匙装进

狗来了

了自己的裤子口袋。他喊道:"现在大家都回到自己座位上去!"

还没等孩子们完全坐好,教育局派来的那个人和熊就走进了教室。

"狗在哪里?"那个人问道。

卡门/安娜站了起来。她做出一副天使般无辜的表情说道:"教师先生刚刚好像脚底下抹了油似的,飞快地冲出门外去了!"

"肯定是急着上厕所去了!"彼得/伊格纳茨指着厕所的方向说,"可能他肚子痛了!"

教育局来的那个人听罢,嗖地跑出教室,奔着厕所跑去了。当他发现厕所里面的窗子是敞开的时,马上从窗口跳了出去,嘴里还大声吼着:"快跟我来!他跑不了太远!"

学校的后方有一大片草地,草地的后面是树林。在草地和树林相接的地方有个人正站在那里。"校长先生,你怎么还不过来呀?"教育局来的人站在窗户外面大声叫唤着。

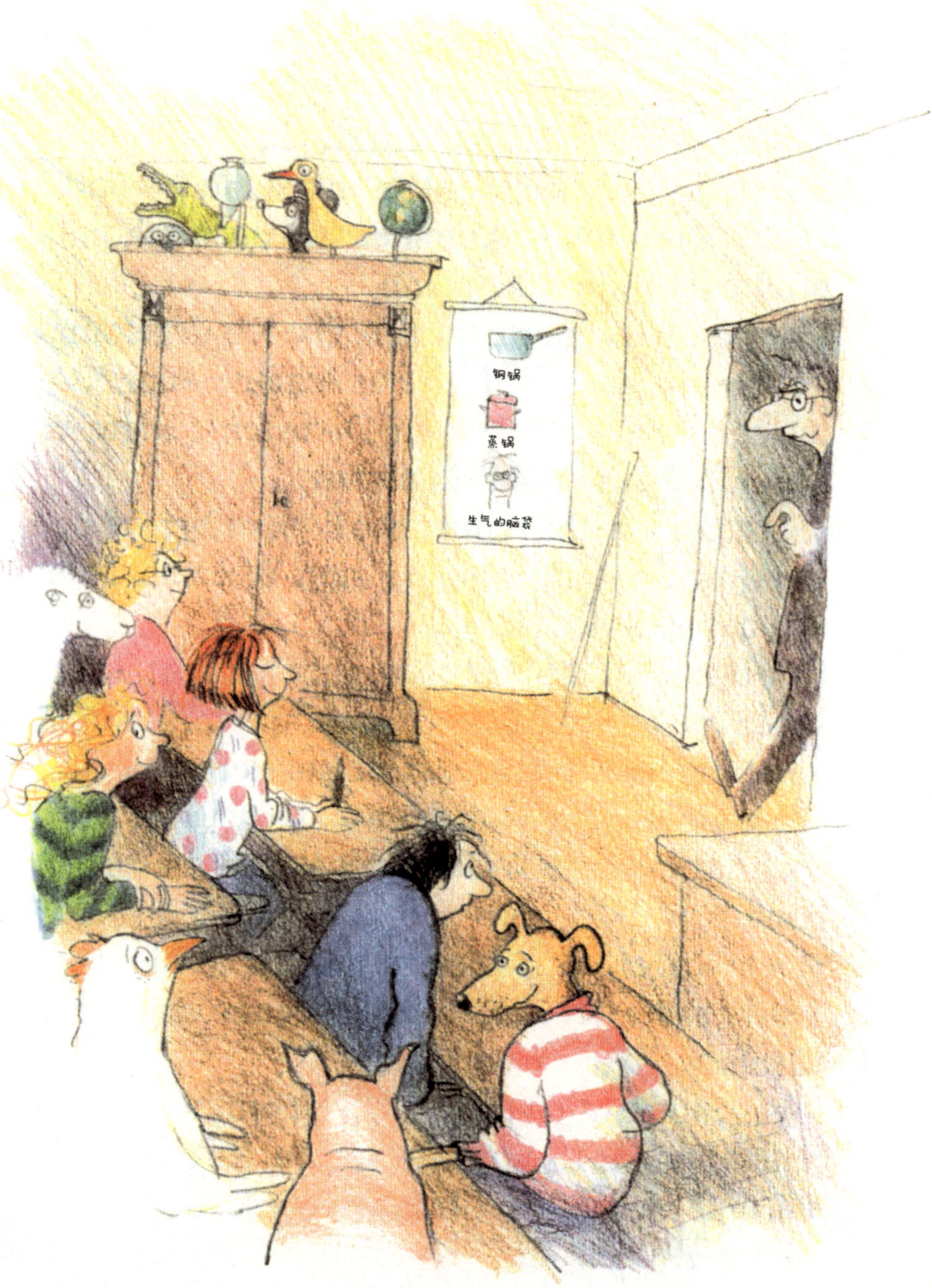
钢锅
蒸锅
生气的脑袋

狗来了

熊走进了厕所,孩子们也都跟在它身后挤了进去。熊从厕所的窗子探出头。"我听候您的吩咐!"它非常亲切友好地对教育局来的人说。

"你别光站着,最好还是跳出来吧!"那个人说着,又用手指着前方的树林问道,"站在那里的是狗吧?"

为了能看清楚,熊把眼睛眯成了一条缝。站在树林边的人脑袋上戴着一顶鲜亮的蓝帽子。村子里人人都知道,只有靠采蘑菇为生的山羊老爹才戴这种蓝帽子。

"虽说下着雨看不大真切,"熊说,"但我想,那很可能就是狗!"

"那你还磨蹭什么!"那个人一边着急地吼叫着,一边撑开雨伞,朝着草地那一头儿的"蓝帽子"跑去了。

熊叹了口气,爬上了窗台。"看来我只好做点体育运动了。"它小声嘟囔着。在从窗口跳出去之前,熊转身对孩子们说:"你们都快回教室去吧!赶紧想办法把你们的柜子搬走,懂了吗?"

"懂了!"孩子们喊道。他们跑回了教室。彼得/伊格纳

Der Hund kommt!

茨想把柜子打开,却发现裤子口袋里的钥匙不见了。原来,他的裤子口袋上破了一个小洞,钥匙一定是从小洞里掉出去了。孩子们在地板上到处搜寻,教室里、走廊上和厕所里各处都找遍了,但是因为他们太激动、太着急了,又因为人多,找的时候相互妨碍,所以最终也没把钥匙找到。

"再找也找不出来了!"罗里塔/埃娃叫道,"我们得把柜子整个抬走!"

孩子们小心翼翼地倾斜着柜子,将它轻轻放倒在地上。然后,七个孩子抬着柜子的右侧,七个孩子抬着左侧,三个孩子托着柜子的底板,还有三个孩子抓住柜子顶部的边沿,一起把柜子抬了起来。整个柜子相当重,但是只要二十个孩子齐心协力想把它搬走,他们一定能做到。

孩子们连拖带拉,总算把柜子从学校里弄了出去。

"现在该搬到哪里去呢?"彼得/伊格纳茨气喘吁吁地问。

"抬到我们家去!"卡门/安娜上气不接下气地说。

狗来了

"对,到那里它就安全了!"罗里塔/埃娃说。

孩子们冒着大雨,把柜子朝着小旅店抬去。一路上他们碰到了好几个人,但人们看上去并不感到惊奇。他们只是想:啊,下着雨还到校外去上课呀!最终,浑身都湿透了的孩子们终于把柜子抬进了旅店。

"你们把什么弄到我这里来了?"旅店老板吃惊地问。

卡门/安娜对着她爸爸的右耳朵悄悄地说:"是狗!它不是真正的教师!"

罗里塔/埃娃对着她爸爸的左耳朵悄悄地说:"当局派人来抓它了!"

旅店老板点了点头。"啊,原来是这样!"他大声说道,"这个柜子你们就送给我吧,只不过这种用不着的旧家具应该放到堆存杂物的库房里去。劳驾,孩子们,请你们帮我把它抬进后面的库房去吧!我来给你们指路。"

旅店老板引领着孩子们走进库房。孩子们又小心翼翼地把柜子直立起来,靠墙摆放好。旅店老板用铁锨把柜子的门撬开了,狗的模样看上去十分狼狈。它的毛发上遍布

Der Hund kommt!

红、黄、蓝等颜色的斑点,还沾满了湿乎乎的胶水。原来,在搬运的过程中,装颜料的盒子和装胶水的瓶子全被碰碎了,所以弄得狗浑身都是。

狗呻吟着从柜子里爬出来。它的前爪上粘着彩纸,尾巴上夹着粉笔头,鼻子周围粘着几块橡皮,耳朵上挂着破地图的碎片,还有几支彩色铅笔从它的肚皮底下滚了出来。

"得立刻带它去冲个澡。"旅店老板说,"不然的话,粘着的东西变硬后就更难洗掉!"接着,他又对孩子们说道:"你们都马上回学校去,快点走吧!"

孩子们都想留在狗的身边。他们想帮忙给它洗澡,把它的皮毛用吹风机吹干,还想好好地安慰它一番。但是旅店老板硬要把他们都赶走。"你们不要犯傻了!"他说,"要是当局派来的那个人注意到你们都在这里,那他一下子就会猜到,狗肯定也在这儿附近了!"

这一点孩子们也意识到了,于是他们都乖乖地跑回学校去了。在熊和那个人从树林那边回来之前,他们又都规

狗来了

规矩矩地坐到了他们的课桌后面。

旅店老板把狗带到淋浴的莲蓬头下，给它全身冲洗得干干净净，老板娘也用吹风机把它的皮毛全吹干了。接着，老板拿来大浴巾围在狗的身上，老板娘把狗的脏围巾也拿去洗了。然后，老板给狗拿来了夹肉面包，老板娘给狗端来了一碗排骨汤。老板说："我很同情您！我们这儿的人全都喜欢您！"

狗怯生生地问："我不是受过专门培训的合格教师。你们真的不生我的气，真的不怨恨我吗？"

老板娘说："怎么会呢！受过专门培训也并不一定顶用！您有当教师的天分！"

"可惜教育局的人根本不懂得这些。"旅店老板说。

老板和老板娘把狗带到了他们自己的卧室。狗被这一番惊心动魄的经历折腾得非常疲惫，一躺到老板夫妇的大双人床上后很快就睡着了。

接近中午时分，有个警察走进了小旅店。

"我是因为教师的缘故来的。"他唉声叹气地说，"就

Der Hund kommt!

是那位我们的孩子都特别喜欢的教师!"

"它出什么事了?"旅店老板问。

"上面下了拘捕它的命令,"警察说,"所以我被派到村子里来,挨家挨户地搜寻它的踪迹!"

"我们旅店也要搜查吗?"老板娘问。

"那当然了。"警察说,"我会顺着门牌次序查的。我会先从门牌号一号开始,每幢房子搜查十五分钟,保证一分钟都不会少!"警察朝老板和老板娘点了点头,然后转身就离开了旅店。

"我们的门牌号是二十四号,那我们还有……"老板看着老板娘说。

"狗还可以多睡一会儿。"老板娘对老板讲。

下午五六点钟,从旅店的院子里驶出了一辆拖拉机。旅店老板坐在拖拉机的驾驶座上,后面拉着的拖斗中装满了干草,卡门/安娜和罗里塔/埃娃坐在拖斗里面的干草垛上。当拖拉机缓缓开出后院时,警察正好推开前门,走进了旅店。

狗来了

拖拉机一直开到离村子老远的地方,才在一条大道旁边停了下来。狗拿着它的旅行包、皮箱,还有它的黑色礼帽、洗好的毛围巾和腰包,从干草垛里爬了出来。它对旅店老板说着"多谢了",又挥手给了老板的两个小女儿一个告别的飞吻,然后就走到大道上去了。拖拉机掉头往回开,坐在干草垛上的卡门/安娜和罗里塔/埃娃望着狗渐渐远去的背影,伤心地哭泣着。

狗沿着大道朝前走,它满眼的泪水也快要流出来了。它被一种孤零零的、仿佛遭到遗弃的感觉包围着。为了排遣这种愁闷,狗试着用口哨儿吹一支歌曲,好让自己能稍微振作起来,但是它吹出的每个哨音似乎都变成了令人心酸的啜泣。

忽然,狗听到身后有马达的声响传来。一辆汽车正朝它开过来。狗没有停下脚步,也没有转头去看。它心里十分清楚,那一定是警察。它想:现在我跑不掉了,我非被他们逮住不可了!

狗根本不打算躲进路边的矮树丛里去。它把所有的行

Der Hund kommt!

李都放到地上,举起两只前爪,等着被逮捕。而身后的汽车鸣着喇叭,直冲着狗的方向疾驶过来,停到了它的身边。

"请上来吧!"熊从车窗里伸出头来喊道。

狗把行李都放进了汽车的后备厢,然后上车坐到了熊的身旁。熊踩下油门,将车子继续朝前开去。狗原本以为,熊可能是要找个合适的地方才掉头往回开,可当车子驶过了十多个非常适合掉头转向的地方之后,狗才慢慢醒悟,熊并不准备把它带回村子去交给警察。但是它也不敢开口问熊究竟要把它带到哪里去。

熊开着车子一直向前,在看到大道旁有一片林中空地时才把车子停了下来。熊走下车子,从后备厢里取出一个大帆布包来,里面是一顶折叠帐篷。熊一边支帐篷,一边用十分轻松的语调对狗说:"我们就待在这儿吧!等到不愉快的事被忘光之后,我们再继续往前走。您同意吗,尊敬的狗先生?"

"我们?"狗疑惑地问。

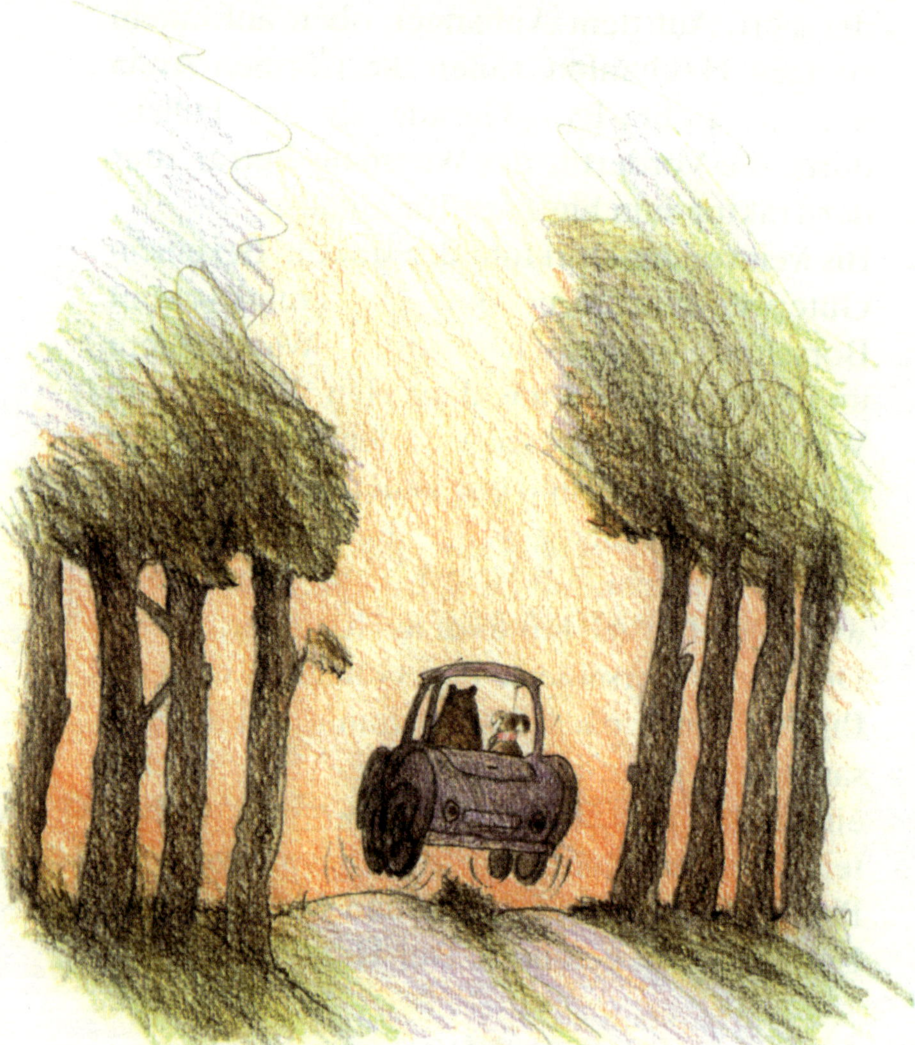

Der Hund kommt!

"当然是在您不反对与我为伴的前提下了。"熊说。

"但是您必须要回学校去呀!"狗说。

熊摇了摇脑袋。"我已经被暂时解除职务了。"它说,"因为我眼神儿不好,不能把山羊和狗区分开来,还因为我疏忽大意,不知道教室的柜子丢到哪里去了。这一切都有待查清后我才能复职。但是,当局查清问题的进度总是很缓慢。反正再有半年我就该退休了,如果闲坐在家里看着那帮家伙胡闹,虚度这半年的时光,岂不是太可惜了?我们还是痛痛快快地生活吧!"

"我绝对和您有同感。"狗说着就走过去帮熊搭帐篷了。熊带头唱起了一支欢快的歌,狗马上用口哨儿吹出歌曲的第二声部与熊相配合。这次,狗的哨声中再也听不出伤心与愁苦了。

第四章
狗住了医院

狗和熊在树林已经逗留了一个多星期。林中的生活熊过得很开心,而狗的情绪却一天比一天低落了。狗喜欢和熊待在一起,对荒僻树林里的寂寞也并不反感,但它患上了腹泻。因为整天只吃浆果、蘑菇、蜂蜜和青草度日的生活与狗平时的饮食习惯差别太大了,它的肠胃适应不了。此外,夜晚的帐篷里十分阴冷。狗的腰椎有旧疾,一受寒就会僵直和疼痛。

虽然狗没有为自己的病痛诉过苦,但熊已经注意到自己的新朋友有些支持不住了。因此,这天清早,熊开口说:

Der Hund kommt!

"亲爱的狗,我们把帐篷拆了吧。你需要一张暖和的床和一大块盛在盘子里的肉了!"

狗深深地叹了口气。"亲爱的熊,"它说,"我宁可在外面又拉肚子又腰痛,这样也比被关在监牢里有床睡觉、有牛肉汤吃强得多呀!你别忘了,警察正在到处追捕我呢!"

"这我绝对不会忘记的。"熊说,"我们开车进城去,去投奔我嫂子奥尔加。城里有很多狗,到了城里保证不会有人注意你的。"

狗和熊一起把帐篷折起来包好,装进了汽车后备厢。它们驱车进城的时间拖得很长,因为开不了几公里,狗就会喊道:"亲爱的朋友,我又得下车拉肚子了!"然后,熊就会把车子停到公路边上,让狗从车上爬下来,匆匆钻到矮树丛后面去。所以,直到夜幕降临后它们才到达城里。

熊的嫂子奥尔加是个寡妇。她的丈夫,也就是熊的兄长,在一年前去世了。她看到熊来了,非常高兴,对熊带来了一只又拉肚子又犯腰痛的病狗也毫不介意。"这些毛病咱们自己就有办法治。"她说,"好歹我也曾照料过我那可

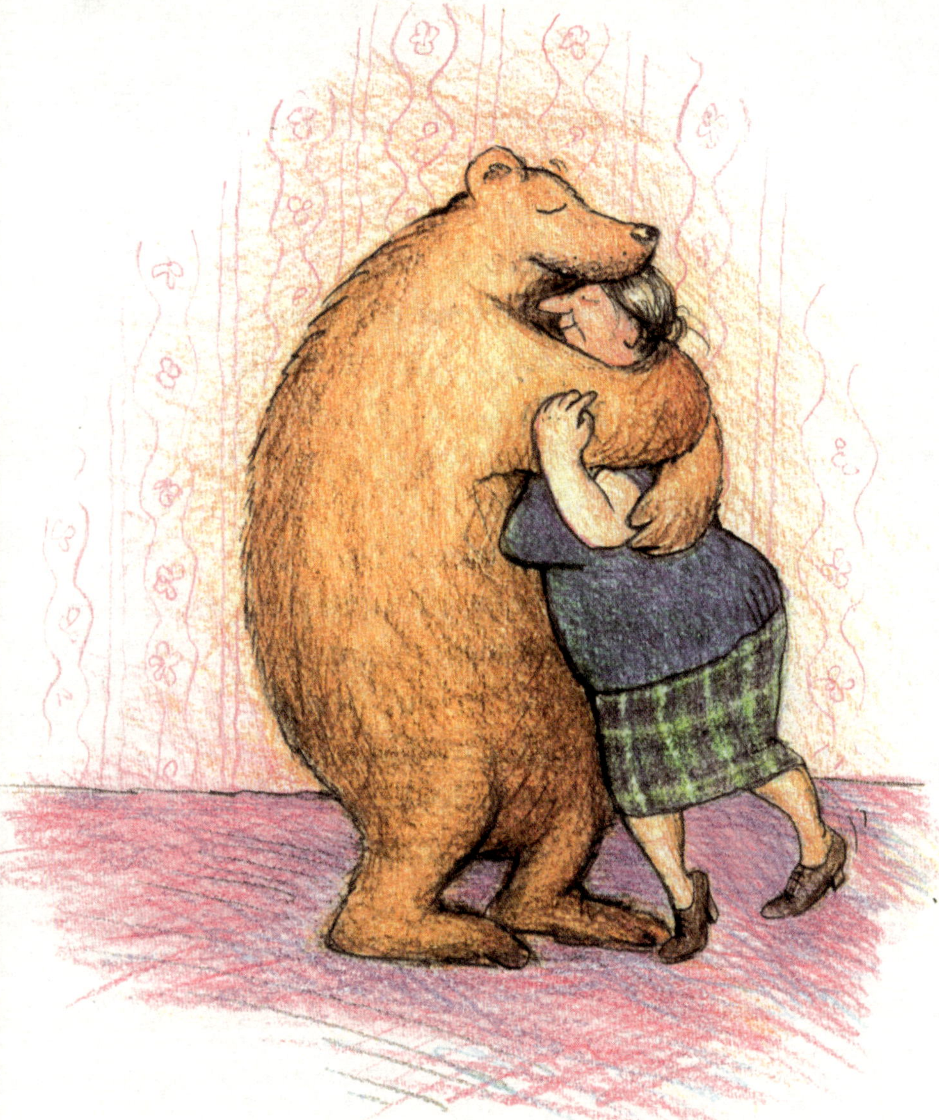

Der Hund kommt!

怜的丈夫三年整呢。护理病人我非常有经验的。"

她为狗煮了燕麦糊吃,并用獾油涂抹和按摩了狗骶骨的部位。她还在狗躺着的床铺上放了三只热水袋。"明天您就会好受多了,亲爱的狗。"奥尔加说道。她将枕头拍打蓬松,服侍狗上床睡觉。

遗憾的是,第二天狗的病情并没有见好,反而加重了。从半夜时狗就发起了高烧,不住地咳嗽和流鼻涕。每当咳嗽或打喷嚏时,它的后腰都像被针刺一样痛得难以忍受。而腹泻更是把它折磨得很惨。肚子里一开始咕噜翻腾,它就对自己喊:"赶快,马上就憋不住了!"可是因为腰痛,它不能一下子就从床上跳起来往厕所飞跑,只能慢慢地从床上滑下来,拖着沉重的脚步往厕所蹭,一路上还得强忍住肚子的绞痛,每回都是憋得满头大汗地冲进厕所。因为持续高烧,狗头痛得厉害,开始变得昏昏沉沉的。

"咱们不能光靠热水袋、燕麦糊和獾油了。"奥尔加说,"得马上去请位医生来!"

偏巧这一天是星期日,城里的医生都不工作,只有急

狗来了

救站的医生才上班。奥尔加给急救站打了电话,急救站派来了一位年轻的大夫。他简单给狗检查了一下后小声说:"危险,很危险!"然后马上打电话要求派救护车来。

一个小时之后,狗躺在一副担架上被抬出了奥尔加的住所,乘坐着一路上不停"哒嘟、哒嘟"响着警笛的救护车进了医院。

狗还从来没有作为病号住进过医院。每次来医院它都会感到十分惊恐害怕,因为它的父亲是死在一家医院里的,它的母亲和妻子也都是在医院里去世的,连它最要好的朋友——瑞士雪山救生犬进了医院后,也再没能活着出来。对狗来说,医院和死亡是紧密联系在一起的。

当救护人员把狗从救护车里搬出来,用担架抬进医院时,狗轻轻地自言自语道:"太遗憾了,我这一生就要这么了结了!唉,我可真想再多活上几年,到世界各地去看一看,多做出点有意义的事情呢!"

救护人员把狗抬进了一间病房,将它从担架上抱到了病床上。病房的值班护士是只波斯猫,它给狗测了脉搏,

Der Hund kommt!

又把一支体温计塞进了狗的嘴里。

狗想：我要是能够死在家里有多好呀！哪怕是在花园里，在我坐在葡萄架下面的时候突然中风而死也心甘情愿呀！

想到这里狗突然记起，它已经没有家了，因为它已经把房子卖给驴子了。狗感到十分伤心，忍不住哭了起来。

"嘿！嘿！"猫护士叫道，"我们可不要哭鼻子哟！我们是一只勇敢的大狗，对不对？"

它拿来一块手帕，把狗脸颊上的泪水全擦干净了，还用它的爪尖儿轻轻地敲打着狗的鼻子。

这时，一位医生走进了病房。他询问过狗有哪些地方不舒服后，给狗打了两针，还让它吃了四颗白色的药丸。打在左脖颈儿后的一针是治腰痛的，打在右脖颈儿后的一针是治肚子痛的。一颗药丸是治打喷嚏的，一颗是止咳的，一颗是退烧的，最后一颗是让狗马上睡觉的。

吃了药之后，狗很快就睡着了。它连续睡了一天一夜，等到星期一上午醒来后，狗很惊讶自己依然还活着。

狗来了

它不再总是没完没了地咳嗽、打喷嚏了,它的腰也不再那么僵硬疼痛了,它的鼻子和嘴里不再感到发热,最重要的是,它不用总往厕所跑了。

"我真的得救了,我又没事了。"狗对自己说。它真想马上站起来,离开医院,可它身上只穿着奥尔加给它套上的睡衣睡裤,再也没有其他的衣服了。一个被警察搜捕的对象在大白天穿着睡衣在城里走来走去是非常不明智的。

猫护士给狗送来了早餐:一杯不加糖的菊花茶和两片不涂黄油的面包干。狗对它说:"谢谢你们治好了我的病,亲爱的护士小姐!请你也向大夫转达我诚挚的谢意!此外,我想劳驾你给住在寡妇奥尔加家的熊打个电话,让它帮我带些衣服到医院来。"

"喵!喵!"猫护士叫着,"是谁这么着急了呀?我们是不是完全好了,可是要等医生叔叔跟我们说了才算数呢!"说完,它轻轻地拍了拍狗的嘴巴,离开了病房。

狗两口就吃光了面包干。它一面喝茶一面想:我怎么

Der Hund kommt!

会还好好地活在世上呢？因为狗是很善于思考的，所以很快它就得出了结论：我之所以还能活着，是因为医院并不是只会让人死亡的地方。医院也能够把人的病痛治好，使人康复。

接着，狗还思考了一些问题。它认为，医院对一个遭警察搜捕的对象来说，其实是个很好的隐蔽场所。"警察是肯定不会到病床上来寻找一位冒牌教师的。"它自言自语道，"这样看来，我还可以接着病些日子。"

狗把掉到狗毛里的干面包渣全抖搂干净后，就舒舒服服地躺到了床上。为了消磨时间，它闭上了眼睛，打算翻阅一下自己头脑里的卡片。它正想看看各种云彩，猫护士就推着一架轮椅走了进来。

"现在我们要去做一次全身检查。"它说。

狗从床上坐了起来。它本可以一下子跳下床去的，但是它及时想到了：要是不想离开医院，就不应该表现出活蹦乱跳的样子来。狗坐到了轮椅上，猫护士推着它把整间医院都跑遍了。在放射科里，狗照了透视；在另一个科室，

狗来了

狗被仔细地听诊了半天;到了另一个房间,狗量了身高和体重;换了个科室后,又有大夫检查了狗的眼睛;最后一个科室的大夫让它把舌头吐出来检查,还看了它的咽喉。直到午后一点多钟,猫护士才把狗推回到病房。

狗已经饿得要命了,但它随即想到:一只病恹恹的狗是不应该有食欲的。所以,当猫护士除了早晨的一杯茶和两块烤面包干之外再也没拿给它任何吃食时,它也没有抱怨什么。它寄希望于熊和奥尔加。它觉得这两位下午一定会来看望它,还会给它带香肠来的。过去狗到医院去探望病人时,总会带上一些香肠去的。

到了探视的时间,熊和奥尔加果然都来了。奥尔加给狗带来了一大束五颜六色的鲜花。"为的是给病房里增添些令人愉快的气氛。"她解释说。

而熊给狗带来了厚厚的一本幽默故事集。"为的是让你能多笑一笑。"熊说。

狗感到十分失望,但是它尽力不让自己把失望的情绪流露出来。一只懂得礼貌的狗是不会当面表示它不满意

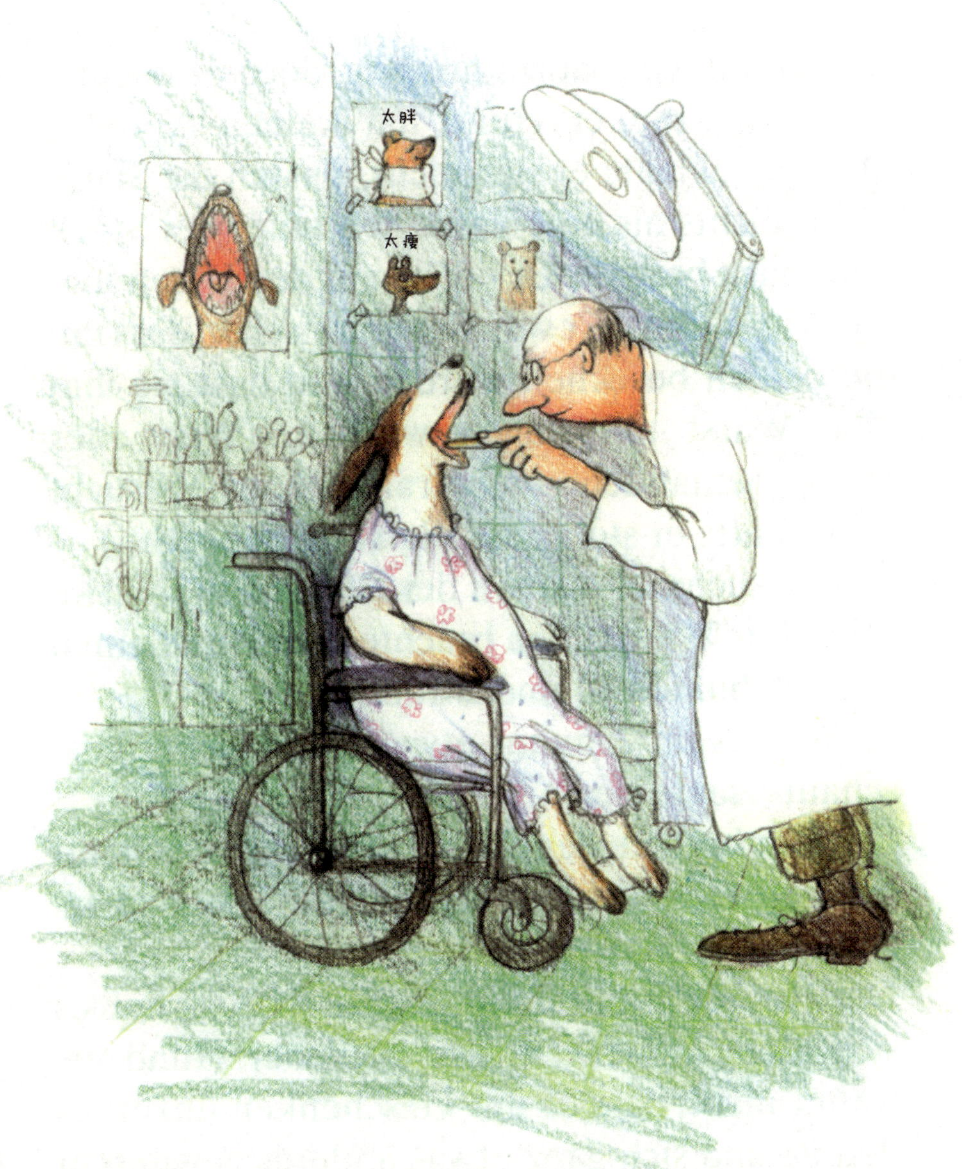
太胖
太瘦

狗来了

别人送的礼物的,也不会说出自己还想再得到些别的什么。一直等到奥尔加和它告别,许诺第二天还会来看望它,并特地询问明天该给它带点什么时,狗才说道:"请给我带一大根香肠来吧!"

"一根香肠?"奥尔加吃惊得叫了起来,"尊敬的狗,您在拉肚子呀!香肠现在对您来说就像是毒药哇!"

熊也赞成这种意见。"要等医生允许之后才能给你带香肠来的。"它说。

吃晚餐时,狗又从猫护士那儿得到两片烤面包干。这次,护士没再给它菊花茶,而是换成小小的一碗苹果泥。"你还想再要点什么吗?"

"护士小姐,我的胃里咕咕直叫。"狗细声细气地说。

"噢!噢!要是胃里咕咕直叫的话,那我们的病很快就要好了。"猫护士说,"那你很快就能回家了!"

"噢,不!"狗马上喊道,"我说错了!不是胃里咕咕在叫,而是脑袋里面。"

"脑袋里会咕咕地叫?"猫护士很惊讶地瞧着狗。

Der Hund kommt!

"就在两只耳朵当中。"狗说,"是在里面很深的什么地方。"

猫护士从衣服的口袋里掏出了一支圆珠笔,在狗病床床脚挂着的病历牌上飞快地写了些什么。然后,它对狗道了声"晚安",离开了病房。狗马上跳下床去,看猫护士在牌子上究竟写了什么。原来它写的是:前脑部嗡嗡作响地疼痛!

狗刚想回到床上去,却听到从走廊上传来了小推车的声音和刀叉等餐具相互碰撞的叮当响声。跟着,肉的香味也传到狗那灵敏的鼻子里来了。是护士小姐在分发晚餐。对肉的强烈欲望让狗满嘴的口水都快要流出来了。它轻轻地溜到门边,把门打开了一条缝,朝走廊望出去。那个装着一大堆盘子、一个放满了刀叉的筐子和一大锅烧牛肉的小推车刚好停放在狗的病房门外。

肉的香味直直地冲进了狗的鼻子,使它的口水止不住地流了出来。狗把门缝开得又大了一些,然后伸出头去,朝走廊的两头儿来回张望。走廊上一个人影都看不见,只

狗来了

能听到猫护士喵喵的说话声从隔壁的病房里传出来。它在说:"噢!噢!你们必须得吃点东西呀!你们乖乖地把嘴张开,让阿姨来喂你们,好吗?"

狗猛地把房门打开,跳到了带轮子的小推车跟前。它抓起一只盘子,盛了满满一盘子牛肉,低下头狼吞虎咽起来。它飞快地把肉全吃光了,又伸出舌头把盘子舔得干干净净。这下它的胃不再咕咕直响了。它把空盘子放回小推车上,迅速跑进病房,躺到床上,心满意足地睡着了。

第二天早上,吃完了茶加烤面包干的早餐后,三位医生来到了狗的病房里。一位医生长得很胖,另一位医生长得又高又瘦,第三位医生身材适中,不胖也不瘦。

长得胖胖的医生说:"狗先生,您的检查结果已经出来了。您完全康复了!"

瘦高个儿的医生说:"您的腰椎间盘有些劳损,您必须注意避免受寒。"

身材适中的医生说:"您要养成用鼻子吸气、用嘴呼气的习惯,以防咳嗽复发。"

Der Hund kommt!

胖胖的医生又说:"为了肠胃能更好地恢复,我建议您回家后也要注意饮食。"

瘦高个儿的医生又说:"那么,祝您今后生活幸福吧!"

"等一下!"身材不胖不瘦的医生喊道,"让我看看这是什么。"

他走到床脚挂着的病历牌跟前。"前脑部嗡嗡作响地疼痛!"他大声念给两位同事听。

"准确地说,是哪里痛?"胖胖的医生问。

"是这儿!"狗指着它两扇大耳朵之间的部位。那正是以往它的妻子常用爪尖儿去抓挠来表示亲昵的部位。

"有多长时间了?"瘦高个儿的医生问。

"已经有好几个星期了。"狗撒谎说。

"是阵发的痛还是持续的痛?"不胖也不瘦的医生接着问。

"阵发的。"狗说,因为它对"持续"的含义不太清楚。

"很遗憾,我们必须得让您在医院多留一段时间了,狗

狗来了

先生！"胖胖的医生对狗说。

"您一定要到脑内科专家那里去接受会诊。"瘦高个儿的医生说。

"但是不巧得很，那位专家正在外地休假，要到下周才能回来。"不胖也不瘦的医生说。

狗做出因为要延长住院时间而愁眉不展的神态来。

"抬起头来，不要垂头丧气！"胖胖的医生一边说一边轻轻地拍了拍狗的肚子。

"不会超过一个星期的。"瘦高个儿的医生拉了拉狗的尾巴表示鼓励。

而不胖也不瘦的医生拿起病历牌，写下了一行很大的字：从今日起改为普通病号饭！

这时，狗再也忍不住它得意的笑容了。三位医生看到狗终于笑了，都很高兴。他们纷纷夸奖它，说它是只懂事的狗，是只有头脑、很明智的狗。他们还说，他们最喜欢像狗这样的病人。

从这天起，狗对住院生活真是再没有什么可抱怨的

Der Hund kommt!

了。它想吃多少肉都能从护士那儿得到，它想睡多久，爱做什么梦也都没有人干涉。每天早上猫护士会来为它铺床，每天下午熊和奥尔加都会来看望它。现在，他们每次来探视都会给它带熏肠或是风干肠来，有时还带来巧克力和奶糖。

星期六的早上，狗正在啃星期五下午熊给它带来的熏肠，病房的门忽然被推开了，猫护士和马卫生员走了进来，把狗的病床推到靠墙的一边，然后又把第二张床推进了屋子里。床上躺的是一只公猫。那是只又大又黑的公猫。

"这下子我们有伴儿了。"猫护士说，"总独自一个躺在这里挺没意思的，对不对？"

但是对狗来说，大公猫可不是什么有意思的伴儿，因为它除了高声打鼾之外任何反应都没有，据说它是手术麻醉后还没有醒过来。好不容易等它终于醒了，它又在不停地长吁短叹："唉，天哪，天哪！我该怎么办才好！唉，天哪，天哪！现在会怎么样了呢？唉，天哪，天哪！我应该去

狗来了

做点什么才是哟!"

狗一直听着它唉声叹气听到将近中午。最后狗实在听不下去了,扭过身去对公猫说:"您根本什么都没法儿做,但是您应该停止悲叹哟!"

"您说得倒轻松啊!"公猫呻吟道,"唉,要是您知道是怎么回事的话,要是您知道出了什么事的话……"

"那您就说说吧!"狗说。

"我的问题可太严重了。"公猫又深深叹了口气,"我的胆囊有毛病,吃肥肉身体受不了。但是瘦肉太贵了,我吃不起。没法子,我只能买肥肉,因此我的胆病经常会发作。大多数情况下我都是用板蓝根茶什么的慢慢顶过去了,可今天一大早在超市里,我的胆病又急性发作了,我昏倒在放金枪鱼的货架旁。人们叫来了救护车,把我送到了这里。"

"不用怕,进了医院并不一定都会死掉。"狗说。它还以为公猫担忧的问题跟它自己刚被抬进医院时一个样呢。

Der Hund kommt!

"这我早就清楚。"公猫悲叹道。

"那您的问题在哪里呢?"狗问道。

"我的问题是在家里。"公猫呻吟着说,"我的孩子们正在家里等着我呢!"公猫一边说着一边不住地擦着眼睛。"您知道吗,"它接着说道,"通常情况下,一只公猫是不太看重家庭生活的。公猫不习惯和一个妻子长年共同生活,公猫总是会爱上许多母猫的。而母猫生了小猫咪之后,会自己把它们带大。"

"这我早就知道。"狗说。

"但是最近这一年多来,"公猫又悲叹了一声,揉着眼睛说道,"母猫们对公猫们不耐烦了,耍脾气了,它们想要和公猫讲平等了。它们搞了一个运动,要求和公猫享有同等的权利,承担同等的义务。"

"这也是完全可以理解的呀!"狗说。

"我也完全能够理解。"公猫叹了口气说,"因此我已经声明,今年春季出生的小猫由我来负责养育照管,以便让猫妈妈们能无牵无挂地去过它们自己的生活。我不会

狗来了

逃避做父亲的职责,我决不逃避!"

"您能这么做可真是太棒了。"狗说道。

"但现在我躺在医院里了。"公猫又唉声叹气起来了,"我刚刚动完手术,肚子上缠满了绷带,可我那些可怜的孩子还不知道它们的爸爸去哪儿了。它们在家里一定等急了,哭鼻子哭得把眼睛都哭坏了。我的小可怜儿们没有吃的东西,也没人在它们睡觉前为它们讲故事了。唉,当它们在黑夜里感到害怕时,还有谁能去安慰它们呢?"

"难道您没有亲戚吗?"狗问道,"您的父母、叔伯、兄弟、姐妹、阿姨或是老祖母什么的,不能过去帮帮忙,暂时替代您一下吗?"

"亲戚我自然是有的,我有一大堆亲戚呢。"公猫叹着气,不住地摇晃着脑袋,"可惜它们一点儿家庭观念都没有。有些亲戚从我面前走过时都认不出我来了!唉,算了吧,没办法可想了!"公猫说着抽抽搭搭地哭了起来,"我那可怜的小宝贝们,一定会被送进猫教养院去的。唉,天哪,天哪!我该怎么办呀?"

Der Hund kommt!

公猫的啜泣让人听了心酸。狗的心肠本来就很软,哭泣的猫爸爸感动得它几乎要流眼泪了。但是谢天谢地,狗不只有很软的好心肠,脑子也特别好使,能迅速而又周密地考虑各种难题。这会儿,狗正在反复思索着该怎么办。它想:能安全地躺在医院里是很自在、很安逸,但我终究是要到广阔的世界上去做只有用的狗呀!

"猫,"狗开口道,"在你身体康复之前,我去照看你的孩子们。"

狗说着就从床上跳了下来。它问:"你家在什么地方?"

公猫停止抽噎了。"可是我的孩子们见了狗就害怕呀!"它说。

"它们一定会抛弃这种成见的。"狗说,"我完全有把握!"尽管狗对这一点并不是十分有把握,但它说话的语气却充满了自信,哪怕它明知道迄今为止,任何小猫一见了它都会扭头就跑。

"我住在伯格胡同七号。"公猫揉了揉眼睛,说,"住在

狗来了

四楼,也可以说是顶层的阁楼上。"

"请把房门的钥匙给我。"狗伸出爪子要求着。

"对不起,我没有钥匙。我没有正式地把房子租下来就搬进去住了。"公猫自嘲地一笑,"反正那间阁楼里也没有住其他人。"

"那么通往阁楼的门是开着的了?"狗问道。

"没开着,亲爱的狗。"公猫回答说,"你必须从三楼走廊上的窗户钻出去,从那儿跳到旁边厨房的阳台上去,然后再跳进房檐沟里去,从那儿再爬上屋顶。屋顶的上方有个天窗,天窗里面就是阁楼了。我跟你说,那简直易如反掌,连小孩子都难不住。"

狗听了吓得差一点儿连话都说不出来了,但它还是壮着胆子对公猫笑了笑。它想:无论如何,我总会设法完成任务的!

"我预先向您表示最衷心的感谢!"公猫深情地说,"您真是只善良的狗。"

"哪里,哪里,这不过是理应做的小事罢了。"狗小声

Der Hund kommt!

嘟囔着朝房门走去。它不大喜欢让别人夸奖它,一遇到这种情况狗总是发窘。

走到了门跟前,狗又转过身来问道:"你到底有几个孩子呀,猫?"

"三十个。"公猫回答道。

狗一下子站住了。它狗毛下的皮肤唰地变得惨白,失去了血色。"三十个?"它重复了一次,满心希望刚才是自己听错了。

"我刚才对您讲过了,"公猫解释道,"六只母猫,每只生五只小猫咪。对一只体格正常的成年公猫来说,每个季度增加这么多子女只是个寻常的平均数而已。有个别精力特别旺盛的家伙甚至一个春季就能有一百个孩子,到了秋季又会再添一百个呢!"

狗此刻真想打退堂鼓,重新躺到病床上去了。但是一只真正讲信誉的狗对自己许下的诺言是不能够反悔的,已经承诺的事情就必须办到。

"也许我应该把我孩子们的名字给你写下来,以便你

狗来了

能分清它们谁是谁吧。"公猫说。

"谢谢,不必了。"狗答道。它打开房门,朝走廊的两端张望了一会儿,确认护士小姐是不是会马上出现。

狗可不想碰上猫护士。

它对自己说:"那位猫护士只会找我的麻烦,它一定会说,'我们'还在生病,'我们'必须等着脑科专家。然后它还会把三位医生请来,医生们又会说我应该回到病床上去。等我跟他们讲清楚我已经好了,没有毛病了,以及我为什么本来病好了还要留在医院里,恐怕已经到晚上了。而到了那时候,三十只小猫咪又饿又怕,估计早都半死不活的了。"

猫护士没在走廊上。狗只看到一位医生正推着输液架风风火火地朝厕所的方向跑去。

"再见了!"狗和公猫告别后就飞快跑出了病房。它顺着走廊跑到楼梯口,下了楼梯后径直穿过大厅,从门卫的小屋前闪过,朝着医院的花园跑去。

"站住!马上站住!"门卫在狗的身后大喊道。因为狗

安静

狗来了

身上穿的还是医院的病号服,所以门卫一眼就认定那是个想从医院溜出去的病人。

狗不理会叫喊的门卫,继续沿着石子儿小路朝前跑。它拐了个弯,跑到另一条石子儿小路上,朝着路旁的小木板屋飞奔而去。狗每天早上都站在病房的窗前观察这间盖在花园里的木板小屋。它总能看到一位穿着灰西装、红衬衣的男人走进小屋去,等几分钟后他从屋里走出来时,就已经换上绿色的工装裤了。然后,他就会肩上扛着锄头,手上提着把铁铲,朝花坛走去。

狗跳进了小木板屋里。医院园丁的灰西装和红衬衣此时就挂在墙上的一个钩子上。狗忙把小屋的门关起来,脱掉病号服,把红衬衣和灰西装穿在了身上。遗憾的是,衬衣的领扣它无论如何也扣不上,因为它的脖子长得太粗了。而为了能把裤子的拉链拉好,狗不得不使劲地往里收它的肚子。除此之外,狗对医院园丁的服装再没什么可挑剔的了。

狗离开了木板屋,却没有再朝医院大门方向走。它

Der Hund kommt!

想:也许门卫已经通知猫护士了,也许猫护士正站在大门口等着拦我回去呢。

狗跑过草坪,翻过医院花园后边的木栅栏。栅栏外面是条小路,狗沿着小路奔跑,很快就来到了宽阔的大道上。

它倚着一个公交车站牌的铁柱子休息了一下,把气喘匀后,回过头朝医院望过去。从医院花园里大树的树冠上方可以清楚地看到医院大楼的楼顶。

"住院这段时间,"狗对自己说,"总的来说过得相当不错,但现在就要开始一个新的生活阶段了……"狗轻轻叹了口气,然后用更轻的声音说道:"可惜呀!"

狗将要面临的,是那个让它感到心慌和发毛的新任务——当三十只小猫咪的养父。

第五章

狗当了养父

狗站在公路拐角的公交车站牌旁,真的有些茫然不知所措了,不只是因为即将要当一大堆小猫的养父,而是它连眼下该朝哪个方向走,都根本不知道。狗对这个城市一点儿也不熟悉。它是应该沿着公路向左走呢,还是向右走?这时,刚好有一只提着购物袋的老母鸡从公路对面的超市向公交车站走过来。狗连忙上前问路。

"尊敬的女士,"狗问道,"请问您认识伯格胡同吗?"

"我当然认识了。"母鸡答道,"伯格胡同在城里面,在市中心哪。"

Der Hund kommt!

"那么市中心在哪里呢?是那个方向还是那个方向?"狗用前爪指了指公路的左边,又指了指公路的右边。

"是那边。"母鸡既没有指左边,也没有指右边,而是指向了狗的身后,它来时的那条小路,"看到那座医院大楼了吗,过了医院以后还有好长一段路要走呢。"

"我不是本地的,对这里的路不太熟悉。"狗说。

"那很简单。"母鸡说,"您就站在这儿等公交车好了。上车后您坐一、二、三、四、五、六,对,坐六站地,等下了车之后,您再步行拐一个、两个、三个、四个,对,拐四个弯,就看到伯格胡同了。"母鸡对狗点了点头后,就继续走它自己的路了。

狗知道,要乘公交车得花钱买车票。因此,它把爪子伸进医院园丁的西装口袋,想看看是否能在里面找到一点儿零钱。结果,它摸到的东西可比零钱要多得多了。那里面有一张身份证,上面写的姓名是奥托·奥塔曼,还有一大串钥匙、一只打火机、一张电费账单和一个装了相当多钞票的皮夹子。"你们来得正是时候。"狗对着钞票说,

狗来了

"把你们借给我吧！这样我马上就能给我的养子和养女们买吃的去了。"

狗走到公路对面的超市，在那里买了十五个猫食罐头和一把开罐头刀。

可当它走出超市，想回到公交车站继续等车时，一眼就看到了车站前站着两名警察。狗连忙环顾四周，发现在它前方不远处正好停着一辆出租车。

它飞快地跑向出租车，拉开门跳上车子，对司机喊道："伯格胡同七号！在市中心！"

司机一点头就把车子发动了。狗想：我的罪过可真不少了哟！未经允许闯入学校过夜，假冒教师，和医生谎报病情，现在又加上了偷窃园丁的衣服和挪用园丁的钱！

狗深深地叹了口气，对自己生活中屡屡出现的变故感到无可奈何。

伯格胡同是老城区里一条很窄的胡同。七号房子应该没有住人，这是狗从玻璃窗上推断出来的。那幢房子有不少窗户都被打破了，残留的几块玻璃上也蒙着厚厚的一

Der Hund kommt!

层灰尘。

"难道您想买这幢破房子吗？"出租车司机问狗。

"有头脑的老狗绝对不会这么干的！"狗回答道，"我只是到这儿来照看一下公猫的子女。它们住在这幢房子的阁楼上，还不知道它们的父亲急性胆囊炎发作，动了手术住在医院里呢。"狗递给司机一张钞票后准备下车。

"请您稍等一下，尊敬的狗先生！"司机喊着，把几枚硬币找还给了狗。狗把所有找回的钱全揣进了口袋。以前狗总是会付给出租车司机很拿得出手的小费的，但这是园丁的钱，它得省着点花。

"我们就此告别吧。"狗对司机说。

司机却指着房子大门上贴着的纸牌让狗看。那纸牌上写的是：

房屋危险！严禁入内！

"可公猫照样天天进进出出的呀！"狗说。

狗来了

"但是一只公猫,即使是很肥很肥的,"出租车司机说,"体重也要比您轻得多呀,尊敬的狗先生!"

狗叹了口气,小声说道:"许下的诺言是不能再收回的。"然后,它把装猫食罐头的袋子拎起来,跳下了出租车,很勇敢地朝大门走去。

"这我倒要瞧瞧!"司机说着,从驾驶室这边下了车,跟在狗的后面往里走。

狗用力推开大门时,门发出了嘎吱嘎吱的刺耳响声,大大小小的砖头碎片、石子儿混杂着大团的灰尘纷纷扬扬地从墙头上散落下来,砸到了狗身上。

"您快停下吧!"出租车司机警告道。

狗摇摇脑袋,走进了门厅。司机只好也跟在它后面走了进去。他们走到盘旋楼梯的楼梯口前,狗小心翼翼地踏上了第一阶楼梯,楼梯板顿时发出了噼啪的响声。狗抬高后腿,想踏到第三阶楼梯上去,但它的爪子刚一落下,楼梯板就裂开几条大缝,随即塌了下去。

"没法儿再走了。"狗说着退了下来。

Der Hund kommt!

"这我早就说过了呀!"出租车司机嚷道。

"但我一定得想办法上去。"狗说。它思索了一会儿后喊道:"有办法了! 我试着从隔壁房子的屋顶上跳过去!"

"这我倒要瞧瞧!"司机说着,跟在狗的后面转身走了出去,进了旁边的一幢房子。

隔壁的房子不是年久失修的危房。狗爬上楼梯,司机也随着它走了上去。当他们快要到达顶层的阁楼时,楼下房间的门打开了,一只很肥大的白色母狗顺着楼梯追了上来。母狗一只前爪拿着捣肉的木拍子,另一只前爪举着个平底铁煎锅。"我终于把你们这些恶棍当场逮住了!"它破口骂道,"哼,等着瞧吧!你们的末日到了!"狗惊得飞快地跑进阁楼。司机紧跟着它也跑了进去。

阁楼里的光线十分昏暗,狗躲到了破旧家具的后面,出租车司机藏到了挂着湿床单的晾衣绳后面。

肥大的白色母狗在阁楼门口站住了。"我四个星期以来一直暗中'守候'着你们呢!"它尖声地叫道。

"好心的太太,这是个误会,您一定是弄错了。"狗在

狗来了

破家具后面说,"我敢发誓!我们是头一次来这里!"

"胡扯!"母狗尖声叫道,"你们每天夜里都溜到我这儿来偷东西!前天拿走了我的挂钟!大前天偷走了我的便盆!之前还偷走过三个沙发上的大枕头!你们只有昨天夜里没来过!"

"那不是我们,保证不是!"狗喊道。这时,它大概已经猜出阁楼上的那些破烂儿是谁拿走的了。能从屋顶上跳到隔壁的阁楼里来,再拿些东西回家去用的,肯定是那只公猫了。

"小偷儿的保证一文都不值!"母狗叫嚷着。

"话又说回来了,好心的太太,"狗喊道,"您为什么这么大吵大嚷的呢?您把这些破烂儿摆到阁楼上来,不正是由于这些破烂儿您全都用不着了吗?"

"但那终归是我的财产!"母狗说完,停了一下,又继续喊道,"哼,我跟你们这些窃贼吵个什么劲儿!"说着,它转身把阁楼的门关上,用锁锁住。"最好还是让警察来对付你们这些小偷儿吧!"它大声嚷嚷着跑下楼去了。

Der Hund kommt!

出租车司机从湿床单后面走出来,哧哧地笑着说:"这位老太太可真够能叫唤的。"

"您认为这很可笑吗?"狗的声音都有些发抖了。

"当然可笑了。"司机还在哧哧笑着,"警察尽管来好了。我是个奉公守法、品行端正的出租车司机,从未做过违法的事。"

"但我可是只品行不够端正的狗,最近做了这么多违法的事……我可不想见到警察!"狗说。

狗提起猫食口袋,走到阁楼的天窗前,然后打开天窗爬到了屋顶上。

"您想干什么,尊敬的狗先生?"出租车司机问。

"我想要跳过去喂小猫咪们。"狗回答说,"我就是为了这个才到这里来的。"

狗站在屋顶上朝四下望了望。它身后是天窗,面前是房檐的水沟,右边靠着屋顶边缘的是一道高高的防火墙,左边屋顶的边缘正对着猫所住的那幢房子的房顶。

"我要能不'晕高'该有多好。"狗轻声嘟囔着,把塑料

狗来了

袋的提手放在嘴里用牙齿咬住,然后四只爪子着地,闭上眼睛向左边摸索着爬过去。

"这我倒要瞧瞧!"狗听见司机在它身后说。狗想告诉司机,要他留在阁楼里,别往房顶上爬,因为这太危险了。可它刚一张嘴,塑料袋的提手就从牙齿间滑了下去。塑料袋掉到了屋顶上,里面装的猫食罐头全都滚了出来,先是滚落到房檐沟里,然后又弹起来,嗖地坠向了楼下。

"上面是怎么回事呀?"狗听到下面街上有人在高声呵斥,"上面的人发疯了吗?"

狗不得不把眼睛睁开了。它的眼前一阵眩晕,仿佛有许多房顶在围着它飞快地转圈。它回过头,隐约能看到身后红瓦的屋顶上有扇天窗,出租车司机正从天窗的窗口探出头来,向外边张望着。狗感觉自己像是坐在一匹旋转木马上,只不过不像真的玩旋转木马时那样快乐有趣。

"冷静些,现在可绝不能慌!"狗对自己说,"一只有丰富生活经验的老狗在关键时刻可不能控制不住自己!"狗又把眼睛闭上,做了三次深呼吸,然后慢慢睁开眼睛。这

Der Hund kommt!

次,房顶不再围着它转了,只是还有些轻微的摇晃。狗发现自己已经接近公猫住的阁楼了,它和隔壁的屋顶只有两米不到的距离了。

"机不可失,时不再来。"狗对自己说。它把尾巴高高地竖起来,猛地朝斜前方的屋顶上跳了过去。它的爪子刚一落下,四周就发出噼噼啪啪的响声。屋顶上的瓦片碎了,房檐木也断了。狗扑通一声,顺着它自己砸出来的大窟窿就跌进了阁楼里。

起初,除了飞扬的尘土之外狗什么也看不见。等到尘埃落定后,狗才看清自己恰好落在阁楼当中的一张破沙发椅上。它也看到它的养子和养女们了。小猫们此时正窝在阁楼的一角,挤成一团,每只小猫都在不住地发抖。

"亲爱的小猫咪们,"狗开口说道,"你们不要再发抖了,我真的不会伤害你们,是你们亲爱的爸爸派我来看你们的。为什么它自己不能来,过一会儿我慢慢解释给你们听。但现在我们必须马上离开这里才行,不然的话你们就会被送进猫教养院去,我也得去蹲监牢了。"

狗来了

狗站起来把阁楼四处都看了一下。"如何才能迅速离开这个糟糕透顶的鬼地方呢?"狗暗暗地问自己。它想:如果我带着这一群小猫回到刚才那个阁楼上去,那只母狗一定正拿着捶肉的大木拍子等着我呢!要是我打开这里的阁楼门,踩着楼梯下去的话,走不了几步楼梯就会垮塌,把我从三层楼上摔下去!可要是我和小猫们一直待在这里不动,警察很快就要来了。他们会把消防队也叫来,架上高高的梯子爬进来把我们抓住的。

狗真是一筹莫展,陷入绝望了。像这样走投无路的境地它还从来不曾经历过。这时,那一群发抖的小猫又咪咪喵喵地叫唤起来了。狗慢慢听出来,它们咪咪喵喵的叫声都是在喊"饿了""饿了"。

"亲爱的孩子们,"狗尝试着用轻松愉快的口吻对小猫们说话,"在你们吃上早餐之前,我们必须先克服一些小小的困难。你们得先帮我想想办法。你们能帮我吗?"

一只小白猫从猫群里爬了出来,试探着朝狗走近了几步,嗲声嗲气地说:"我总能帮我爸爸出主意的。我是我们

Der Hund kommt!

这些猫咪中最聪明的一个。"

"好极了！"狗说，"事情是这样的，我们必须马上离开这里，但是我没法儿从楼梯走下去，因为我太重了，会把楼梯压垮的。我们需要另找一条能下去的通道！"

小白猫点点头，眯起眼睛开始思索了。

一只小黑猫又从猫群里爬出来，慢慢朝狗走近了几步，喵喵地说："它根本不聪明，只是总想摆出聪明的样子来罢了。实际上我更聪明些，我知道下楼去的第二条通道。"小黑猫跳到一个烟道口前，打开烟道口的门，说："从这里我们也能到楼下，但可惜的是没有楼梯。"

"你真是个聪明的孩子！"狗大声说道。它从沙发上跳下来，走到烟道口前。烟道口的门很小，狗的脑袋根本伸不进去。

"现在只好采用暴力手段了。"狗轻声咕哝着。它先把烟道门扯了下来，然后用后爪不停地踢烟道口周围的墙壁，把砌在烟道口四周的砖头一块接一块地踢掉了，直到踢出了一个能让狗整个钻进去的大窟窿。

狗来了

狗找来一根旧的晾衣绳,将绳子的一头儿像腰带一样在烟道旁边的柱子上绕了一圈,打了个死结牢牢固定住,然后将绳子的另一头儿顺着大窟窿送进烟道里去,晾衣绳在漆黑的烟道里滑下了至少有六七米长。

把一切都准备好之后,狗说道:"好了,亲爱的孩子们,现在我要抓着绳子爬下去了。等我到了地面后我就喊你们,你们就顺着绳子爬下去找我。你们会不会爬呀?"

"我会。"小白猫说。

"我会。"小黑猫说。

"我们也都会。"一群小猫都喵喵叫起来。现在它们都不再发抖了。

狗抓着绳子跳进了烟道里。烟道里很狭窄,四周全是黑乎乎的煤灰。狗握住绳索向下滑行,鼻子和嘴里呛满了煤烟,使它不停地咳嗽和打喷嚏。终于,它的后爪先着地了。它伸出前爪去摸索,发现在烟道壁上有一块正方形的金属片。

狗知道,这一定是烟道下面的门了。它抬起后腿使劲

Der Hund kommt!

踢那块金属片,一口气踢了十多下。烟道口的门忽地打开了,光线透了进来。

狗又像刚才在阁楼上一样往下踢烟道口四周的砖头,好让自己能钻出去。可是下面的烟道口砌得比阁楼上结实得多,也厚重得多。狗没有放弃,它转过身子,用前爪抓牢烟道壁,不停地用整个下半身的力量去撞烟道口的砖头,累得汗流浃背,连眼泪都快要流出来了。最后,狗终于成功了,壁口的砖头掉下去了,狗扑通一声跌落在一间大屋子的地板上。

狗真想稍微坐一会儿,歇口气。但它没有这样做,它一爬起来就把头伸进洞口,朝上面大声叫道:"你们可以下来了,孩子们!但是要一个跟着一个,乖乖地往下爬,千万不要乱挤!"

不到一分钟的工夫,三十只浑身沾满了黑煤灰的小猫就都围绕在狗的身边蹭来蹭去了。原来的白猫、花猫、有圆斑的猫、长着老虎样条形斑纹的猫,这时都变成了清一色的黑猫。狗也一样,浑身上下都黑漆漆的。

狗来了

屋子有扇窗户是朝向院子的。"都跟我来!"狗说着就从窗口跳了出去。

三十只小猫也跟在狗的后面跳到了院子里。它们穿过院子,跳上大垃圾箱,翻进旁边的院子里,然后又跑出院子,横穿过一条胡同,顺着地下室一扇打开的窗户,钻进了堆放着煤的地下室里。狗这时已经筋疲力尽了,一下子就趴到了煤堆上。小猫们也卧到了它的四周。

"点点数,看看都跟上了没有。"狗说,"不过你们还不能数到三十吧?"

"只会数到十。"想出钻烟道好主意的小黑猫说。

"那就数三遍十好了。"狗说。

小猫们就从一数到十,数了三次,证明一个也没有少。

"现在我们先睡一会儿,休息一下。"狗说,"因为我们大家都很疲乏了。"

"我们饿极了。"那只说自己最聪明的小白猫叫道,"肚子饿的时候是睡不着觉的。"

Der Hund kommt!

另一只小猫叫道:"你给我们捉几只老鼠去吧。爸爸没钱买食物时总是给我们捉老鼠吃的。"

"对!快给我们捉老鼠吃吧!"所有小猫都叫了起来。

"你们全都疯了吗?!"狗也叫了起来,"我可是只一直过着文明小康生活的狗,对那种野蛮原始的捕食手段可从未沾染过。"

听了狗的话,三十只小猫都大哭起来了。它们的眼泪能让石头都变软了。

"真没办法。"狗嘟囔着,"那我就去试试看吧!"它从煤堆上爬下来,在地下室里四处嗅着。它既没有闻到老鼠的气味,也没有见到一个老鼠洞,但它却发现了一个远比老鼠洞要好得多的东西。它看到地下室里有一个装满了瓶子、罐头和一口袋生土豆的储物架子,架子旁边还立着一口袋洋葱和一小篮鸡蛋。

狗摸了摸上衣口袋里的罐头刀还在,就从架子上取下了三罐腌牛肉。小猫们见了,激动得发出了呼噜呼噜的响声。狗打开罐头后,小猫们一下子就把腌牛肉全抢光了。

狗来了

　　狗又从架子上拿来三罐红烧牛腩,猫咪们把红烧牛腩也一扫而光了。狗又取回三罐猪肝酱来,刚一打开,又马上被猫咪们舔了个一干二净。狗又给小猫们吃了三罐熏青鱼和三罐金枪鱼。最后,狗给小猫们打了三十只鸡蛋。当小猫们将生鸡蛋也全都吃干净之后,狗开口说:"现在你们已经足够饱了,不能再吃了!"

　　小猫们也明白自己不能再多吃了。它们挺着圆滚滚的小肚子爬上了煤堆,刚一躺下就都睡着了。狗自己也打了个盹儿。等它醒来时,小猫们还睡得很香。狗注意到地下室窗外已经是一片漆黑了。它打了个大哈欠,摸黑儿向储物架走过去。在那儿,它把装土豆的口袋腾空了,接着又把装洋葱的口袋也倒空了。狗提着两只空口袋回到煤堆上,小心翼翼地将十五只睡熟的小猫装进一个口袋里,再把另外十五只小猫装进了第二个口袋里。它是如此的轻手轻脚,悄然无声,所以没有一只小猫被它吵醒。

　　狗背上两个口袋,从煤堆爬到窗口,顺着窗户钻出了地下室。狗一直紧贴着房子的墙朝前走。走出胡同后,它

Der Hund kommt!

来到了一个小广场,看到广场边上有座教堂。狗想:这座教堂我曾经见过呀!噢,对了,上次我和熊乘汽车去它嫂子奥尔加家时就从这座教堂前经过来着,那一次我们是从这里向左拐弯的。

狗拖着沉重的脚步朝左边走,走到了一个大的广场边上。这个广场也是去奥尔加家时曾路过的。广场当中立着的那座大钟表它一下就认出来了,上次它们就是从这里向右转弯的。狗马上向右边走,等它走到一个留着胡子的石头人像纪念碑前时,狗如释重负地舒了口气。现在,它完全想起来了:纪念碑后面是个小公园,公园后面就是奥尔加住的房子了。因为心情愉快,狗又用口哨儿吹起它心爱的曲子,脚步也加快了。

远远的,狗就看到奥尔加家厨房里亮着的灯光。它走过去,敲了敲厨房的窗户。

奥尔加走近窗边,刚朝外一看就惊叫了起来:"熊老弟,快来看!外面站着个黑乎乎的怪物!"

但是熊一眼就认出自己的朋友来了。它忙跑去开门,

狗来了

让狗进屋来。

狗一走进前厅,就把肩上的口袋放下,把睡着的小猫一个个从口袋里掏了出来,放到地板上。狗对奥尔加说:"请您原谅,奥尔加,我实在不知道带着这些孩子还有什么别的地方可去了。"

奥尔加目瞪口呆地瞧着脏得一塌糊涂的狗,又看了半天那三十只浑身沾满了黑煤灰的邋遢的小猫,斩钉截铁地说道:"请您立刻把这些小鬼装回口袋里去!"

"我还以为您很有同情心、很善良呢。"狗伤心地说。

"我是有同情心。"奥尔加说,"但是同情心和善良是要有一定限度的呀!请您快把这些脏兮兮的小玩意儿送到猫教养院去吧!"

"呸,真不像话!"熊喊道,"嫂子,你太令我失望了!你不总是口口声声地说你是喜欢小孩子的吗?"

"小孩子?!"奥尔加嚷道,"对我来说,小孩子只包括人的孩子和熊的孩子!"

"呸,这真是更不像话了!"狗也叫嚷起来,"小孩子就

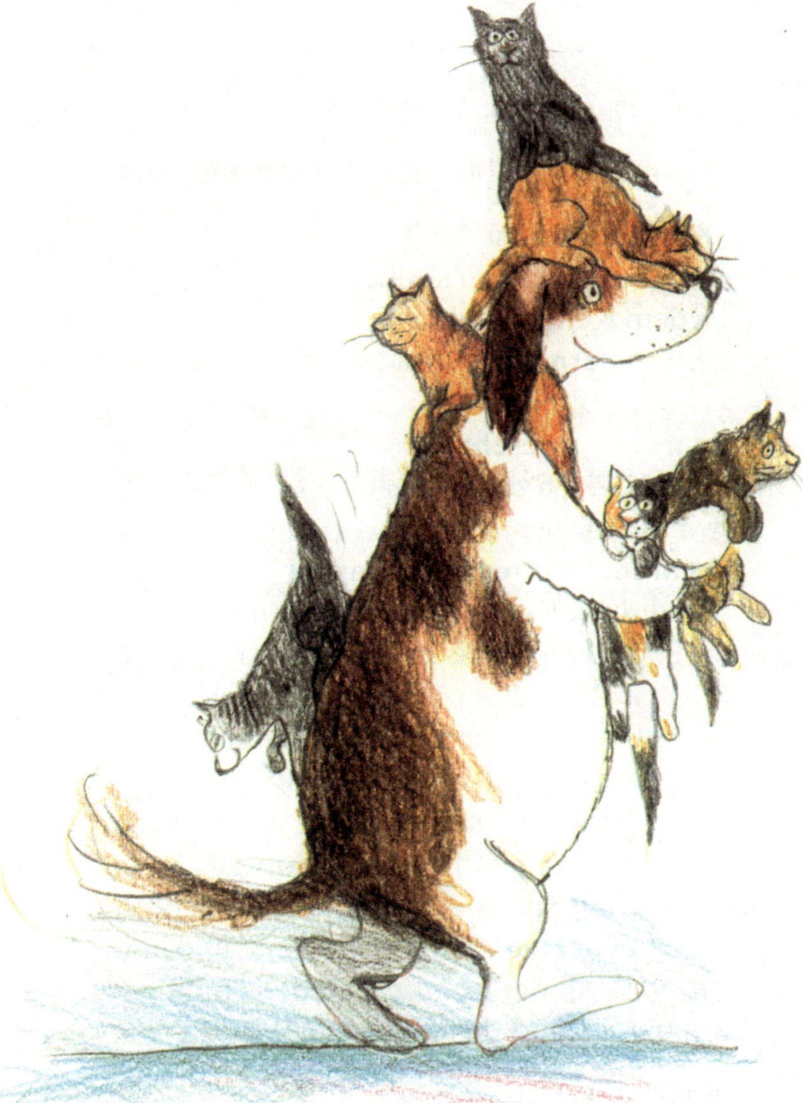

狗来了

是小孩子！谁要是想区别看待它们，谁就是一头猪！"

"哼！"奥尔加大声叫道，"你指责我对猫不好，可你自己不也拿猪当作骂人的话吗！"

躺在地板上的小猫们被叫嚷声吵醒了。狗想把它们装回口袋里去，但是睡醒了的小猫们都不肯再进口袋了。狗好不容易抓住了两只小猫，可其余的全都跑掉了。一只钻到了沙发下面，两只躲到了柜橱底下，三只跳上了放帽子的架子上，四只爬到了帘子后边，五只躲到了床上，六只跳上了桌子，七只钻进了放扫帚和其他清扫工具的小屋。而那两只刚被狗抓住的，一下子又从狗爪子里溜掉，蹿到炉子后面去了。

狗把躲进工具小屋的七只小猫抓出来，先放进口袋里，然后又爬到桌子上去抓那六只从桌子跳到吊灯上去的小猫。可当它把从吊灯上抓下来的六只小猫往口袋里装时，原来装在里面的七只小猫又趁机跑了出来，全都跳上了帽架子。这样一来，蹲在帽架子上的猫就成了十只。

"我真没办法了。"狗连呼哧带喘地说。它把从吊灯上

抓下来的六只小猫装进口袋后,把口袋塞给了熊。"你先……"它说,"先帮我把这口袋抓牢吧!"

熊使劲摇着它的大脑袋。"口袋是用来装土豆或洋葱的!"熊大喊道,"不可以像对待土豆和洋葱那样去对待小孩子们!"

熊迈着笨重的脚步走进起居室,坐到沙发上,继续喊道:"孩子们,你们都乖一些,别乱跑了!都快到这里来!奥尔加是位冷酷无情的女主人,她要把你们赶出去过颠沛流离的生活!"

小猫们听了这话,开始长吁短叹,苦苦哀求起来。

狗来了

一只小猫叫道:"我们需要家庭温暖!"

另一只小猫叫道:"我们还很幼小,经受不住颠沛流离的生活!"

奥尔加用双手捂住耳朵不去听小猫的哀求,她不想让自己的心软下来。但是,她的两只手抵挡不住三十只猫的声音。奥尔加最终还是妥协让步了。她扑通一声坐到沙发上,用能盖过猫群呼叫的嗓门儿大吼道:"你们就都留在这儿吧!"

狗听了高兴地跑上去和奥尔加拥抱,结果把奥尔加浑身上下都弄脏了。不过这么一来,倒使得奥尔加和狗、和小猫们不分彼此了,此外,跟她的房子也"融为一体"了。因为小猫们到处跑来跳去时,把所有地方都弄得脏兮兮的,狗在房子里走来走去时,也到处都留下了黑黑的爪子印,整幢房子里连一个干净的角落都找不出来了。奥尔加从狗的拥抱中挣脱出来,说:"我想马上就开始!"

"马上开始什么?"熊问。

"大扫除!"奥尔加说,"首先是狗,接着是猫咪们,然

Der Hund kommt!

后是房屋!"

狗乖乖地走进了浴室。奥尔加给它全身都搽上肥皂,用刷子刷了半天,再给它冲淋浴。狗对这一切都能承受。它喜欢水,也不怕肥皂。但小猫们看到奥尔加给狗进行"大扫除"的情景,都惊呆了。它们吓得浑身发抖,纷纷跳到了熊的怀里。这个喊着:"我们需要家庭温暖,不要家庭潮湿!"那个叫着:"我们需要亲昵的抚摩,不要用刷子刷!"还有一个嚷着:"到外面去过困苦生活也不会像大扫除这样让我们如此胆战心惊!"其余的二十七只小猫异口同声地叫道:"离开这里!我们只好离开这里了!"

"别着急,别着急!"熊给小猫们出主意说,"在我嫂子从浴室里出来之前,你们把自己身上的脏东西全都舔干净不就得了!"

"可我们还不会呀!"一只小猫叫道。

"可我们没学过呀!"又一只小猫喊道。

"我们的爸爸总把我们舔得干干净净!"第三只小猫嚷道。

狗来了

而其余的二十七只小猫齐声叫喊着:"我们想到爸爸那儿去!"

熊叹着气直摇头。它只得说:"都过来,让我来给你们舔吧!"

熊把三十只小猫全拉过来挨个儿舔了一遍。从它们的小嘴巴一直到小尾巴尖儿都舔到了。熊觉得自己的胃里直翻腾,非常恶心,因为它把许多煤灰、污物和猫毛都舔进肚子里去了。但是,当奥尔加带着洗得干干净净的狗回到起居室,看到三十只小猫也全都干干净净了时,熊还是很自豪地对她说:"嫂子,它们也已经洗过澡了。"

奥尔加认为熊说的不算数。她认为只有用肥皂和水才能真正洗干净。熊一听这话就发火了,它高喊着必须要按照猫习惯的生活方式去对待它们。奥尔加也发火了,她让熊必须承认她才对小孩子的事懂得更多。

"我到底是个女人呀!"奥尔加喊道,"虽说我自己没生养过孩子,但我总会有做母亲的心肠呀!它会告诉我需要为小孩子们做些什么的!"

"我总归是位男士呀！"熊也毫不示弱地喊道，"虽然我也没有养育过自己的孩子，但我有一颗当父亲的心！它会告诉我，不该对小孩子们做什么的！"

狗用比他们俩高三倍的音量狂吠起来。狗叫的声音如此之大，让熊和奥尔加一下子都不作声了。狗说："我可是一位真正的父亲，我和孩子的妈妈一起养育过许多自己

狗来了

的孩子。让我来告诉你们,没有什么比在孩子面前争吵更糟糕、更有害的了!争吵会玷污孩子的心灵。心灵上的污渍是永远也去不掉的,既不能将它们完全舔干净,也没办法用肥皂和水全部冲洗掉。"

"说得很对,老朋友。"熊忙说道,"我决不再大喊大叫了。"

"我也不喊叫了。"奥尔加也发誓说。她拿来抹布、水桶、铲子、扫帚、拖把,开始埋头擦地上的黑爪子印。

一直到午夜时分,整幢房子才重新变得清清爽爽、干干净净的了。小猫们早就睡着了。它们都睡在沙发上,一个挨一个地紧紧依偎着狗的肚皮。这叫狗感到非常不自在,它一动也不敢动,生怕压着小猫们。但它对自己说:"既然睡在父母的肚子上是猫习惯的生活方式,那我就必须忍着点,必须挺住。作为养父,我一定得努力去做一切对我的养子养女们有利的事情。"

第六章

狗和熊的伪装

第二天早上狗醒来时,感觉腰又在隐隐作痛了。小猫们还熟睡着,狗轻手轻脚地把它们一个个从自己的肚子上拿起来,小心翼翼地放到沙发上,然后又把自己的上衣盖到了它们身上。狗先做了十次腹背运动和屈膝练习,活动一下自己僵直的腰,随后走进了厨房。熊和奥尔加正坐在那里吃早餐。狗坐到他们旁边。奥尔加给狗倒了一杯咖啡,又从圆锥形的蛋糕上切下大大一块递给它。

"非常感谢,亲爱的奥尔加。"狗说着就大口大口地吃了起来。

狗来了

熊拍拍狗的肩膀说:"停一停,我亲爱的朋友。"

"我还饿得很呢!"狗吃得两腮鼓鼓地说,"只有吃饱了才不会饿呀!"

"我是让你停止摇尾巴!"熊说。

"我一感到开心就会摇尾巴。"狗说,"难道这对你有什么妨碍吗?"

"对我没妨碍。"熊说,"但是我们必须得教育小猫们呀。"

"这话什么意思?"狗问。

"感到痛快开心就摇尾巴,这不是猫的生活方式。"熊说道,"猫只在生气发怒时才摇尾巴。如果孩子们习惯了像你这样一高兴就得意地摇尾巴,以后它们再回到猫的日常生活中去,日子就不好过了!比如,它们摇着尾巴,想对另一只猫表示亲近友好,但是那只猫并没有过狗养父,那么它必然会以为自己正受到你的养子们的威胁和恐吓,而朝它们龇牙警告的。这下你懂了吧,亲爱的朋友?"

狗完全懂了,它保证以后绝对不再随便摇尾巴了。

Der Hund kommt!

"还有,我们睡眠的习惯也必须重新调整调整了。"熊接着说,"猫属于夜行性动物,白天睡觉,夜里到处散步。如果我们让它们习惯了完全颠倒过来的作息时间,那也会是非常糟糕和可怕的!"

狗承认熊说得对,它下决心从现在起,自己也改成夜里醒着,白天睡觉。

"另外我们说话的声音也必须要改一改了。"熊又说道,"狂吠、乱吼、喋喋不休对猫咪们的耳朵都不适宜。"

"我可不想去学猫,一舒服了就发出呼噜呼噜的声音来。"奥尔加叫道。

"你要学。"熊说。

"但是我不愿意!"奥尔加说。

"你瞧,嫂子!"熊用它的前掌轻轻捅了一下奥尔加的肚子,"小孩子总是在模仿成年人,学习它们看到和听到的一切。我们总不能让猫咪们长大以后每天都狂吠、乱吼和没完没了地唠叨吧,你说是不是?"

"那好吧!"奥尔加叹了口气说,"我试试看吧。"

狗来了

"然后,"熊继续说道,"还有厕所的问题。这也不符合猫的生活习惯……"

熊还没来得及说完就被奥尔加打断了:"你说得固然很对。但是谁也不能要求我现在就到花园里去挖个坑,然后蹲在那儿拉屎!"

"这我也很难做到。"狗小声咕哝道。

熊站起来,它的额头上出现了三道深深的皱纹。"我看,"它低声叨念着,"这个问题我还得好好琢磨琢磨。"熊喜欢躺在床上冥思苦想,所以它回房间里想去了。

一直到中午,熊都把自己关在房间里没有出来。而小猫们一直躺在沙发上睡觉,直到下午喝咖啡的时候它们才醒过来。它们跳下沙发,跑进厨房,跳上餐桌喵喵叫道:"饿了,饿极了,饿死了!"

奥尔加对着狗的耳朵低声问:"可以把它们从桌上赶下去吗?这是不是违背对猫进行正确教育的精神呢?"

"我也不知道。"狗也用耳语悄悄回答。

"那我宁可随它们去了,等着看熊怎么说吧。"奥尔加

Der Hund kommt!

小声嘀咕道。她从冰箱里拿出一条鱼,放在绞肉机里绞成泥,然后把鱼肉泥装在盘子里,放到了桌子上。

小猫们轰地一下子都扑向了鱼肉泥。由于三十只猫不可能同时够得着盘子,所以它们相互扭打得很厉害。

"该不该提醒、劝告它们一下,让它们彼此谦让、友好相处呢?"奥尔加又对着狗的耳朵轻声问道,"或许毫无顾忌、粗暴无礼对猫来说才是正确合理的?"

"我也不知道。"狗再次轻声回答说。

"那我就随它们去,等着看熊怎么说吧。"奥尔加小声嘟囔道。

但她实在不愿意坐在那儿瞧着小猫们扭打吵闹。"我看电视去了。"说着,她离开了厨房。

狗听见奥尔加走进了起居室,紧接着,它就听到一声骇人的尖叫。狗想:一定是那可怜的女人跌倒了,把什么部位摔疼了。它赶忙跑进了起居室,看到奥尔加站在屋子中间,脸色惨白。她伸出手指着地毯,结结巴巴地说:"那儿、那儿,还有那儿……"她总共说了三十次"那儿",每次

狗来了

都指着地毯上一小摊深褐色的猫屎。

"因为它们在这儿没办法刨坑呀。"狗试图为这糟糕的情况做出解释,但奥尔加根本不想听。她走到衣柜前,把旅行包拿出来,又找出各种内衣和外衣装进了旅行包。

"熊不是正在琢磨这个问题,正在想办法吗?"狗说。

"我等不及了!"奥尔加叫道,"我要出门旅行去!"她瞧都不再瞧狗一眼,就拎着包冲出大门去了。

狗不禁深深叹了口气。它拿来扫帚、铲子和垃圾桶,把三十摊猫屎都铲进了垃圾桶里,然后又用肥皂水使劲擦洗地毯上褐色的污渍。当它把最后一块污渍也擦洗干净之后,熊从它的房间走出来,走进了起居室。

"我不能总关着门冥思苦想了。"熊说,"我得去买一本有关幼猫教育的专业书籍。我这就到书店去。"

"好主意!"狗说。

熊朝着小猫们点了点头,然后戴上帽子,穿上外套,走出了家门。狗打开起居室的窗子,以便吹走屋里还残留的屎臭味。接着,它把清扫工具都收回了贮藏室里。

Der Hund kommt!

等狗回到厨房后,发现小猫们都没影儿了,厨房里连一只小猫都见不到了。狗在整幢房子里找来找去,可是哪儿都没有。最后,它走出房门到花园里去找,它想,小猫们或许会从开着的窗子跳到外面来。

狗在花园里四处喊着:"孩子们,你们在哪里?孩子们,快回来吧!"

"您要是找小猫的话,"从隔壁花园里传来了一头母猪的声音,"它们全都待在我这儿呢,在苹果树上。"

狗跳过栅栏,跑到了隔壁的花园里。它站到苹果树下喊道:"快下来吧,孩子们!都到你们的养父这儿来!"

"猫是不听命令的。"母猪说,"您得爬到树上去,一个个抓住它们的脖子,才能把它们弄下来。"

"您很熟悉猫的习性吗?"狗问。

"我是一头又聪明又有见识的猪,所有的事情我都熟悉得很。"母猪说道。

"这太好了。"狗说。然后,它就向母猪请教了那些幼猫教育方面的问题,从白天黑夜颠倒的问题,到摇尾巴的

狗来了

问题,到狂吠、吼叫、唠唠叨叨的问题,再到上厕所的问题,全部都问了一遍。

"这些全是胡扯。"母猪说,"您没必要这么操心。猫爱吃荤腥,爱喝牛奶,还喜欢让别人抚摩它们。除此之外的所有其他事都可以顺其自然,让它们自己去解决。"

"您真的这样认为吗?"狗问。

"我说得准没错。"母猪说。

狗道了谢后就跳过栅栏,回到了奥尔加的花园。它躺在开满郁金香的花坛边,仰面朝上,望着天空。它已有很长时间没再往自己头脑中的卡片箱里增添云彩照片了。当狗将足够的新云彩照片存入自己的大脑之后,它跳了起来,对自己说:"要是真如母猪所说的,我现在根本不需要再为猫咪们操什么心了的话,我就能腾出手来处理一下自己的麻烦事了。"

狗回到屋里,将园丁的衣物装进了一个纸盒子,然后取出自己的钱,把挪用园丁的钱如数补上。除此之外,它把清洗衣服的费用也放进了园丁的皮夹子里,因为它把

Der Hund kommt!

园丁的上衣和裤子都穿脏了。狗还写了一封信,用大头针别在了园丁的上衣上。信上写着:

尊敬的园丁:

非常抱歉,我曾迫不得已偷窃了您的衣物,完全是生活中一场突如其来的变故和当时面临的错综复杂的形势迫使我那样干的。万分期望您能够原谅我!

曾经一度走上歧途,但本性诚实正派的狗

狗用牛皮纸把盒子包装起来,并用绳子把它捆扎好,然后在包裹外面写上了收件人的姓名和地址。

狗夹着包裹跑到花园,隔着栅栏对邻居母猪喊道:"劳驾,帮我照看一会儿猫咪们好吗?"

"猫会自己照看自己的!"母猪也冲着狗喊道。

狗点了点头,转身沿着大路朝邮局跑去,幸运地在邮局下班前及时赶到了。它用特快专递把包裹寄出之后,心里感到轻松了许多。它觉得自己的心灵更纯净了一些,心

狗来了

情也舒畅了不少。

在回去的路上,狗想再买些猫食带给养子养女们,于是走进了一家肉铺。

"三公斤精瘦肉。"狗对卖肉的师傅说。但没等它话音落地,双肩就被人牢牢地抓住了。

"感谢上帝,在这儿碰上您了!我像在大海里捞针一样到处找您,找了好长时间了。"从背后抓住狗肩膀的人说。这个人正是开车把狗送到伯格胡同去的出租车司机。

"您想得到吗?"出租车司机说,"警察根本不相信我只是开车送您过去的。他们硬说我是您的同伙,是和您一起去偷母狗阁楼上的东西的。一场诉讼正等着我呢!"

"我感到非常遗憾。"狗小声说。它想马上离开肉铺,但是出租车司机的手一直没有从它的肩头上松开。出租车司机身强体壮,力气比狗大多了。

"我们现在就去见警察,马上把事实澄清了!"出租车司机喊道。

"明天吧!"狗说,"现在我必须马上回家去喂孩子们,

Der Hund kommt!

并且抚摩、安慰它们。再说以我现在的情况去见警察也很不合适呀!"

出租车司机可不听这些,他坚持把狗从肉铺里拉了出来。狗一点儿办法都没有,只能跟着司机走了。

司机拉着狗在大街上走。在十字路口的红绿灯旁边,他们碰见了熊。熊前掌捧着一本厚厚的书,一边走一边看。它一看见狗就很得意地说:"朋友,现在我可知道该怎么办了!"它敲打着厚厚的书:"有关幼猫教育的各种问题,书里全讲到了。"

说完,它才看到站在狗身边的出租车司机。"是你的朋友吗?"熊问。

"确切地说,不是。"狗嘟囔着,"他要带我去见警察。"

"它是我的证人。"出租车司机说,"我实在不懂,为什么它不愿意去见警察呢?作证是每个公民应尽的义务呀!"

"我完全同意您的看法。"熊一边说一边偷偷给狗使眼色,"让我护送您走一程吧,以防这只四处游荡惯了的

狗来了

狗再溜走。"

于是,熊、狗和司机一起朝派出所的方向走去。当他们又走到一个十字路口时,熊暗中伸出后腿绊了司机一脚。司机没有防备,脚底下一个踉跄,不由自主地就把抓着狗的双手松开了。狗趁机飞快地跑走了。熊也跟在它后面跑了。等到司机爬起来时,狗和熊早已拐了弯,跑得没影儿了。

它们俩吐着舌头,一步不敢停地朝奥尔加的房子飞奔而去。"唉,真没法子!"熊边跑边发着牢骚,"在生活当中,有时候会不得不做出连自己也反感和讨厌的事情来。亲爱的朋友,我希望你能明白,故意绊那位品行端正的司机一脚,绝对不是我乐意做的事。我完全是出于帮助朋友的目的才那么干的哟!"

狗没有回应它的话,因为狗跑得连呼哧带喘,已经一个字也说不出来了。

等回到奥尔加的起居室里歇了好一会儿,气息逐渐平稳下来之后,狗才开口问道:"现在该怎么办?"

Der Hund kommt!

"除了马上离开此地,再没有别的办法了。"熊说,"你不能在这儿再待下去了,这太危险了!"

"那猫咪们怎么办呢?"狗问道。

"事情是这样的,"熊用前掌搔着肚子说,"在《育儿大全》的书上写着,小孩子最好能和他们一出生就认识和熟悉的人生活在一起。养父养母只是权宜之计,是暂时解决问题的办法。你明白这是什么意思吗?"

狗叹了口气,也伸出爪子在肚皮上挠起痒来。

"小家伙们从小最熟悉、最亲近的当然是它们的爸爸了。可它现在还住在医院里呀!"狗说道。

熊把它的爪尖儿伸到嘴里,来回啃了半天。"我会想出办法来的。"它低声说道。

天慢慢地黑了下来,熊还一直坐在起居室里啃它的爪指甲。狗则坐在熊的身边,瞧着它动脑筋想主意。

快到半夜时,小猫们才陆续从窗口跳进来。它们又咪咪喵喵地叫着喊饿了。

狗把冰箱里仅有的一条小鱼给它们拿了过来。小猫们

狗来了

很快就把鱼吃光了,然后又接着喊饿。离它们吃饱还差得远呢。

狗告诉它们,家里已经没有可吃的东西了。"明天早上才能买到食物。"狗最后说道。

于是,小猫们开始哭泣了。

一只小猫哭叫道:"我们的爸爸总是给我们准备很多食物的。"

另一只小猫哀叫道:"我们的爸爸是不会让我们一直饿到明天的。"

还有一只小猫啜泣道:"我们的爸爸可真好呀!"

余下来的二十七只小猫一齐哭喊着:"我们想回到我们的爸爸那儿去!"

这时,熊突然把它的爪子从嘴里抽了出来,喊道:"我有办法了!"它找来一把剪刀和一支红色的签字笔,将小猫一个接一个地抓起来,用剪刀小心地剪掉一小撮猫皮上的毛,然后用红色签字笔在它们露出来的猫皮上画上好多小红圆点。

Der Hund kommt!

　　熊对小猫们说:"现在你们都生了麻疹,你们都可以去医院里找你们的爸爸啦。"

　　小猫们听了高兴得直打滚儿,相互抓来挠去吵吵嚷嚷地打闹起来了。可狗的额头上一下子愁出了三道皱纹来。"谁负责把孩子们送到医院去呢?"它说道,"我一到那儿就会被人认出来的。你也不能去,因为我住院时你每天都去看我的呀。"

　　"这倒是个问题。"熊听了之后说。它又开始咬爪子上的指甲了。

　　"或许可以请邻居家的母猪去。"狗建议道,"是位女性总会好办得多。妇女和孩子总是紧密联系在一起的。"

　　"猪都不可信赖。"熊马上提出了异议。然后,它停下来想了想,接着又扑哧一笑,说道:"但是这个让女性去送的想法很不错,相当不错!我们也可以装扮成女的呀!我们可以跟医院的门卫说我们是市立猫教养院的女教师呀!"

　　于是,熊穿上了奥尔加宽松式的丝绸连衣裙,狗换上

狗来了

了奥尔加的粗花呢套装。熊脑袋上围了提花头巾,狗戴了装饰有花束的宽檐儿草帽。它们各自找来两卷松软的大毛线团塞到上衣里面,顶在胸口的两边。唯一遗憾的是,奥尔加的鞋子不够肥大,它们俩都穿不进去。

狗给熊喷洒了紫罗兰香型的香水,而熊给狗喷洒的是茉莉香型的。最后,它们从贮藏室里拿出堆放换洗衣服的筐子,把三十只涂了一身红点的小猫通通装了进去。

熊和狗一人提起筐子一边的提手,一块儿离开了奥尔加的房子,上了熊的汽车。装满了小猫的洗衣筐被它们塞在了后备厢里。

"好了,孩子们。"熊把车停在医院门前,大声对小猫们说,"现在你们开始使劲地呻吟吧!哼哼得越能打动人心越好!"

小猫们没等熊再说第二遍,就哎哟哎哟地叫唤开了,有哭泣的,有喊疼的,也有不住地哼哼叫得很可怜的。狗和熊跳下车子,把筐子抬进了医院。医院值班的门卫正在打瞌睡,当狗和熊把筐子摆到他面前时,他吓了一大跳。

Der Hund kommt!

"我是猫教养院的凯特阿姨。"熊堵着一边的鼻孔,用齉齉的鼻音说。

"我是那儿的维娣阿姨。"狗尖着嗓子说。

"我们来送患上传染病的孩子们。"熊齉齉地说。

"它们可能都染上了麻疹。"狗用尖嗓门儿说。

"请稍等一下,女士们。"门卫打着哈欠摁响了小桌上的电铃,又打着哈欠说,"护士马上就下来。"

"那我们趁这工夫去抬第二筐了。"熊齉齉地说。

"这里只是一半的病号。"狗尖声尖气地说。

熊和狗转身跑出了医院,跳上了汽车。熊一踩油门就把车子发动了。

"朝南开?"熊问。

"朝东开!"狗说。

熊点点头,把车子朝东面开去。汽车迎着山冈起伏的方向行驶,太阳正从山冈后面的地平线上缓缓升起。它们坐在车子里还看不到太阳,只能看到山冈上方灰蒙蒙的天空逐渐变得明亮,而山冈后方先是露出了一抹红云,然

后很快变大、晕开,呈现出一大片鱼肚色的耀眼光芒。

狗暗暗对自己说:"这儿真是太美了!快把这幅照片存储到头脑的卡片箱中吧。"

狗突然开怀地笑了起来,笑声很响,因为它正在想象护士猫小姐和医生们要如何护理那三十只涂了一身红点的小猫。

"我相信我们办成了一件好事。"狗咯咯笑着说。

Der Hund kommt!

"了不起的大好事呀!"熊也哈哈笑了。

狗把头上的草帽摘下来,摇下车窗玻璃,准备将草帽扔到车外边去。

"快把车窗摇上去!"熊连忙说。

"为什么?"狗问。

"因为警察不会去找一只戴着花草帽的母狗呀!"熊答道。

"我总不能一直装扮成女的生活下去呀!"狗十分惊恐地说道。

"这也是一种新的生活体验呀!"熊说,"至少还得再伪装几个星期,等人们慢慢把这些事淡忘了再说。"

狗无奈地把草帽戴回了头上,将车窗也摇了上去。

"非常明智,维娣阿姨!"熊用翾翾的鼻音说。

"是呀是呀,凯特阿姨!"狗也尖声尖气地答道。

接着,狗又用口哨儿吹起它最喜爱的曲子来了。它对未来几周将要经历的一切充满了好奇。

第七章
狗为熊担忧

狗和熊心情愉快地驾车向东方飞奔。熊知道那边有一片湖,湖畔有一幢小房子。熊想到那里去,因为那房子是它外甥的。

"钥匙总是放在门口擦鞋垫的下面。"熊说,"屋子里存有不少食品罐头,而且那里远离人烟,也没有动物来打扰,湖边还有一条小船。我们可以安安静静地休息几天。"

"我们也该歇歇了。"狗说。给小猫们当养父的这些日子把它折腾得够呛,已经精疲力尽了。

但遗憾的是,美好的愿望在现实中往往很难实现。狗

Der Hund kommt!

和熊驱车走了很长一段路程之后,汽车发动机的突突声忽然变得特别响,紧接着,从发动机机盖下面不断冒出浓烟来,还散发出很难闻的味道。熊赶紧把车子停到路边。

对维修技术比熊懂得多一些的狗爬下车子,打开发动机机盖去检查。"水箱锈穿了!"它喊道,"冷却水全都流出去了,发动机过热,车子怕是再也不能往前走了。看来我们不得不找人来把我们拖走了。"

熊和狗站在抛锚的车子旁,盼着过往的车辆能够帮助它们到最近的汽车修理厂去。它们在路边等了一个多钟头也没见有一辆车子经过。这个地区可真正称得上是荒无人烟了。

没有办法,熊只好把车子锁好,和狗一起步行去找能修车的地方。狗和熊都不怕走路,走多远都无所谓。但这一回,奥尔加的衣裙可成了它们走路的累赘。

"恐怕世界上再也找不出第二件做得这么蠢的破衣服了!"熊抱怨说,"裹得我连呼吸都困难了。这左一个褶,右一个褶,前后各缩进去一大块,还要卡什么腰,穿着它简

狗来了

直活受罪!"

"步子迈得稍大一点儿都不行。"狗也是牢骚满腹,"我的腿只能伸出平时一半那么远,可还是把裙脚的缝线全都给绷断了。"

"要是没围着这该死的头巾和帽子,让清凉的风直接吹着我们的脑袋,说不定我们早就走到了。"熊不满地说。

"唉,如果我们一路上不用总把塞在胸口前的两个讨厌的毛线团扶正放好的话,我们肯定早已经找到修车师傅了。"狗也气哼哼地说。

"但是,那句话怎么说的来着?"熊说,"宁可伪装打扮,改头换面,走路吃力,行动不便……"

"也胜过被警察抓进监牢里吃白饭。"狗补充道。

将近傍晚时分,狗和熊走到一个市镇上。它们终于找到了一家汽车修理行,但是修理行大门外的卷帘门已经拉下来了。狗按响了门铃,过了一会儿,房子二楼的窗户打开了。

一头母猪探出头来喊道:"你们要是找我丈夫——修

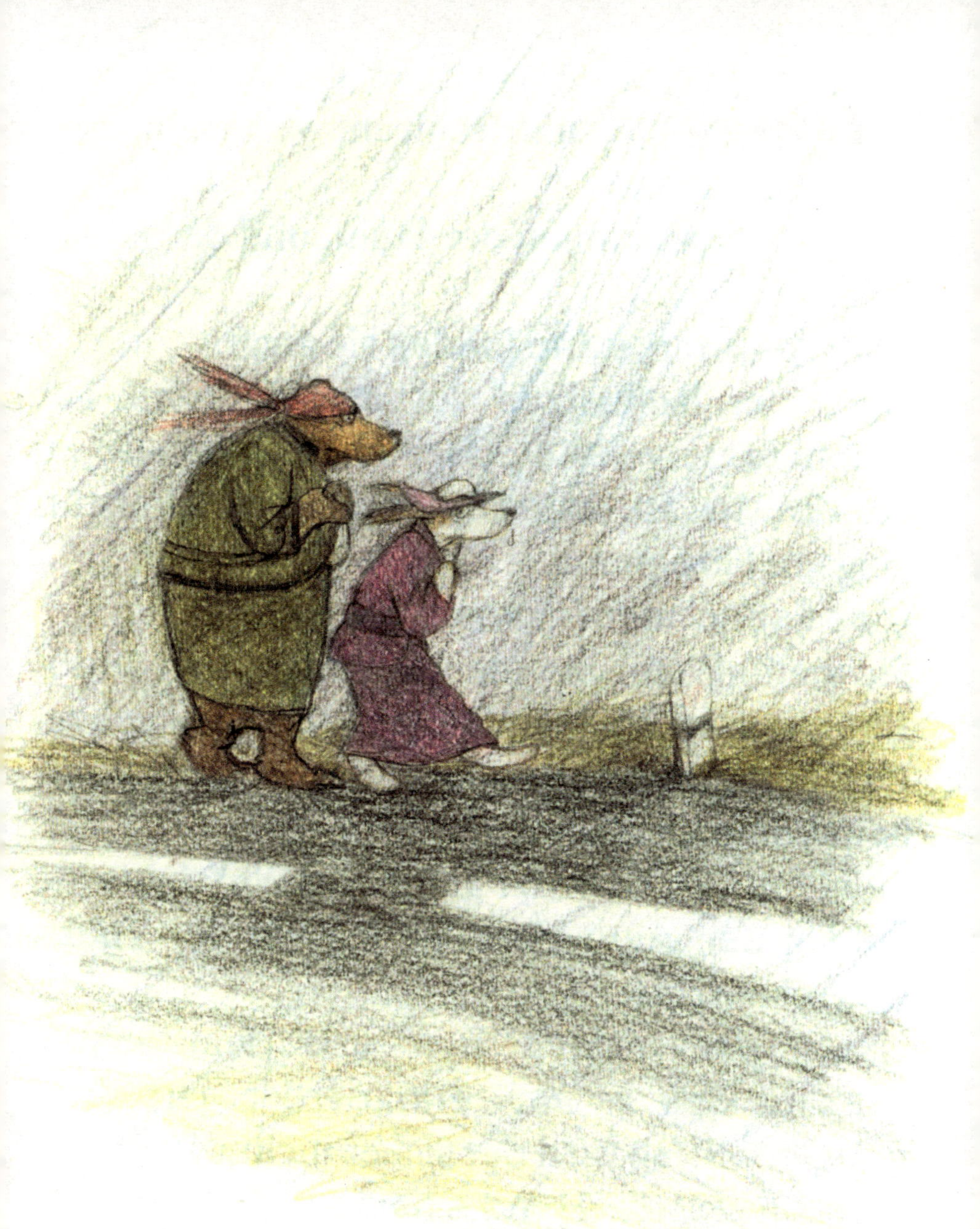

狗来了

汽车的公猪的话,就请到酒店里去找吧。请你们转告它,叫它早点儿回家来。"

狗和熊到酒店去了。修车的公猪果然在那里。不过它正躺在餐厅吧台前打着鼾呼呼大睡呢。

"喝了八杯啤酒和八盅烧酒之后,它就醉倒在地了。"酒店老板说,"明天中午之前它是绝不会醒来的。"

熊和狗瞧了瞧睡在地上的公猪后,觉得老板说得很对。于是它们在酒店订了间客房,然后就坐到了一张餐桌边。狗和熊都已经渴得要死,饿得要命了。

"女士们想吃点什么?"老板问。

狗真想点两大杯啤酒和双份的土豆烧牛肉,但是它知道那肯定太有失女士风度了!它低声对熊耳语道:"你来为我们点些女士们常吃的东西吧,亲爱的朋友。"

"两份杏子酱馅儿的蛋糕和两杯鸡蛋利口酒。"熊对老板说。

熊随后又反复点了六次杏子酱馅儿蛋糕和甜酒,它和狗才勉强填饱了肚子。

Der Hund kommt!

正当熊和狗想要站起来回房间去休息时,一个警察走进了酒店餐厅。那是一只相当老的公山羊。

"保持镇定,不要发慌,亲爱的朋友。"熊悄悄地低声对狗说。为了让狗放心,它用熊掌握住了狗的一只爪子。

警察进门后四处打量了一番,想找张空桌子坐。可这会儿,餐厅里所有的桌子都被客人坐满了,连空的座位都没有了,只有狗和熊坐的桌子边还有张椅子空着。

"它可别到这儿来。"狗十分担心地小声说。

"即便是它来了,"熊握紧狗爪子,低声说道,"我们也应付得了。"停顿了一下后,熊又轻声说:"你不必紧张!"

老山羊警察走到狗和熊坐的桌子边,鞠了个躬,嘴里说着:"女士们,允许我坐这儿吗?"然后不等它们回答,它就一屁股坐到了空椅子上。

"是单独出门在外吗,女士们?"它问。

狗只是点了点头。熊张口说:"两个独身的老小姐不结伴出来旅行,难道还能有别的法子吗?"

"哪儿的话!"老山羊叫了起来,"是谁在说老呀?像您

狗来了

这样迷人的年轻女士怎么会老？您是在开玩笑吧？"

"我看您真是个胆大妄为的莽撞汉。"熊哧哧笑着说，还举起熊掌戏弄地指了指老山羊的鼻子。狗真想马上钻到桌子下面去。

"好了，说正经的吧！"老山羊说，"两位迷人的女士真不该独自旅行呀！社会治安不好呀，我尊敬的女士们！没有勇敢的男士陪伴，你们很可能会碰上麻烦的。"

"您吓唬我，我有些害怕了。"熊结结巴巴地说。

狗觉得它也该说点什么加入对话了。"到现在为止我们一路上碰到的全是好人。"它低垂着双眼说。

"两位小姐太天真了！"老山羊说，"你们还缺乏对坏人坏事的敏锐嗅觉。请看看这个吧！"

老山羊从上衣口袋里抽出一张折叠着的海报来。"这份通缉令我刚刚收到。"它把海报展开举到狗和熊的面前，"请看这照片上的狗是不是慈眉善目的？看上去还挺老实的？"

狗凝视着自己的照片喃喃地说道："是呀，我认为这

Der Hund kommt!

只狗绝对是值得信赖的。"

"但它并不是!"老山羊叫道,"这只邪恶可怕的狗正因私自闯入学校、假冒教师、在阁楼上行窃、捣毁烟囱道、偷盗园丁财物和潜入地下室盗窃贮藏品等罪行被通缉!而且我以上列举的还仅仅只是它被发现的违法行径而已。"

"怎么能错到这种地步呢?"熊说。

"就是嘛,我尊敬的小姐!"老山羊说完这句便住了嘴,因为老板已经给它端来了啤酒和烧肉,老山羊只顾咂咂作响地大吃大喝去了。

熊打了个哈欠。"我想,我们该回去休息了,亲爱的姐妹。"它说道。

"你说得很对,我的姐妹!"狗说着也打了个哈欠。它和熊一起祝愿老山羊"有个美好的夜晚",然后就赶紧跑回它们订的房间里去了。

狗一进屋就躺到了大床上,用爪子不停擦拭额头上的汗水。"真悬呀!"它喘着粗气说。

狗来了

"一点儿事都没有!"熊说着就笑了,"这回你倒可以安心了。连老山羊那双眼睛都没把你给认出来,你还会有什么危险呢?"

熊和狗双双躺到大床上之后,很久都没有入睡。它们进行了一次很重要的谈话。

狗说:"我本意是想帮助他人,做些有益的事情,成为一只有用的狗。"

熊说:"事实上你确实帮助了他人,做了些有益的事情,也成了一只真正有用的狗。"

狗说:"可是我也因此而遭到追捕,还被通缉了。我认为这太不公道了。"

熊说:"这全都怨愚蠢透顶的法律。所以,我应该去当政治家,制定出更公正合理的法律来,那样就不会再发生这种一个人做了好事反而遭到责难和刑罚的怪事了。"

狗说:"亲爱的朋友,千万不要去碰政治!政治是令人憎恶和反感的事情!"

熊说:"亲爱的朋友,不要说傻话了!让我通过我自己

Der Hund kommt!

的例子把道理给你讲清楚吧。首先,我总想帮助孩子们,我总想让孩子们过得好,生活得舒服、开心。"

狗说:"因此你才成了一名教师。你对孩子们确实是有所帮助的,他们在你身边过得很好,很开心。"

熊说:"是这样的!但是,每年我只能对二十个孩子有所帮助,也只有二十个孩子能在我身边过得舒服和开心哪。"

"那除此之外你还有什么打算呢,亲爱的朋友?"狗问。

熊说:"如若我当上政治家的话,我就能去制定更好的法律了,像取消分数的法律、教师不许打骂和体罚学生的法律、给孩子们带来美好校园生活的法律,等等。那我就能对千千万万的孩子都有所帮助了。你能理解吗?"

狗说:"我有点儿理解了。"

熊说:"要是我们把政治依然全部留给那些令人憎恶和反感的家伙们去管的话,那我们周围不公正、不合理的状况得不到任何一点儿改善也就不足为奇了。"

狗来了

狗说:"这下我全都理解了!"它用爪子在耳朵后面轻轻搔了一下。"那么,怎样才能成为政治家呢?"它问道。

熊说:"要先加入一个党派,缴一段时间的党费,然后以各种可能的方式帮忙做些工作,让自己获得知名度,然后就能够'策划'当社区代表了。"

"到哪儿去策划?是在大街上,还是在一栋房子里?或是别的地方?"狗问。

熊说:"这只是个说法,意思就是让别人把自己提名为候选人,再去竞选,成为社区代表。如果干得成功就会被选入议会,然后就有可能当上部长了。到那时,就能够去制定更好的法律了。"

"要等多长时间才能成为部长呢?"狗问。

熊说:"这可说不准,有一下子飞黄腾达、平步青云的,也有踏踏实实、一步一步升上去的,但无论如何总得需要几年的工夫吧。除此之外,你还不能选错党派。要是你加入的党派支持率低,你就永远也改变不了法律了。"

狗说:"我是只老狗了,亲爱的朋友。我从来就没想过

Der Hund kommt!

飞黄腾达、一步登天,可要走那种一步一步慢慢来的政治生涯,恐怕今生今世我也没有多少时间了。能有什么法子可以进行得快一些吗?"

熊好长时间没有回答狗的问题,长得让狗都以为它睡着了。然后,熊说话了。

"我想,"它说,"如果我们继续装扮成女性的话,进程可能就会快得多了。"

"你不怕人笑话你吗?"狗叫道,"尽管我对政治可以说是一窍不通,但是,亲爱的朋友,就连我都知道,女性在咱们国家里是没有多少参政议政的权利的。"

"从这一方面来说你讲得很对,我的朋友。"熊说,"但从另一方面看,现在我们国家里的妇女要比男人多,而且她们已经慢慢开始不耐烦了,她们不愿意再容忍一切,任人摆布了。因此这就出现了机会。除此之外……"熊迟疑了一下才说,"尽管男人们不愿意让妇女参政议政,但是他们都希望政府当中能有一两位妇女。"

"为什么?"狗问。

狗来了

"为的是能让他们到处去讲,'看,我们根本就不反对妇女从政呀!'"

"那好吧!"狗说,"我们就装扮成女性去竞选吧。可我们该如何起步呢?"

"这个我们留到明天再讨论吧。"熊说。它把灯关掉,马上就呼呼大睡,打起鼾来了。

狗拉起被子,翻了个身,也睡着了,而且,它很快就梦到自己正在参与制定各种公平、公正的法律了。

第二天清晨,狗很早就醒了,熊还在睡着。狗上了趟厕所后又钻进了被窝儿。它喜欢睡回笼觉,它知道睡醒了之后再接着睡容易做美梦。

狗闭上眼睛,翻开头脑中的卡片,回味了几张云彩的图像。很快,它就又睡着了。但这一次,它做的可不是什么美梦。

梦的开头还是挺不错的。在梦中,狗站在一个讲桌后面,四周的草坪上有很多人在听它发表演说。狗高喊道:

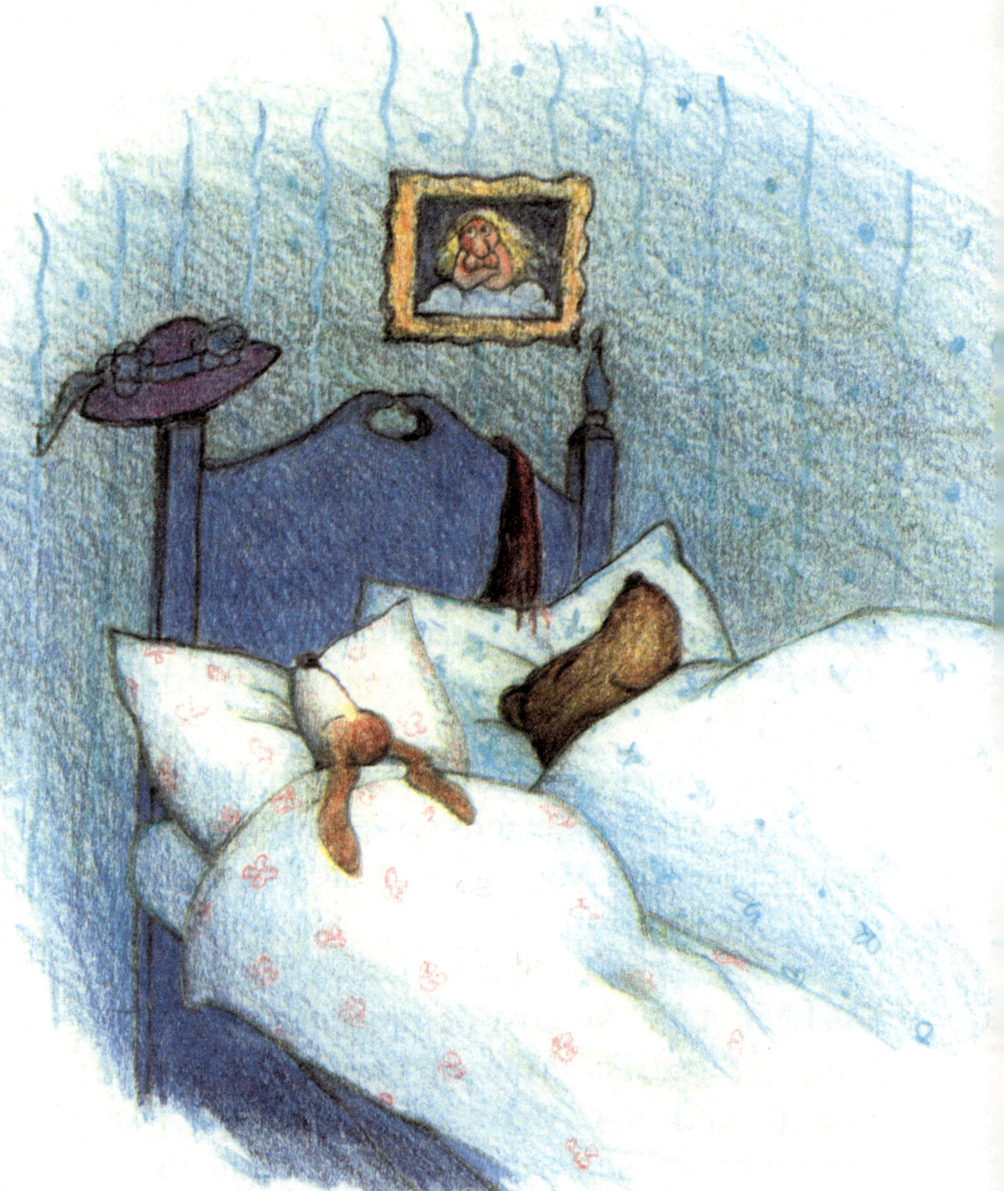

狗来了

"我们妇女不能再眼看着男人们把一切都搞得一团糟了!现在,我们妇女也要参加竞选了!我们会把一切做得更好!妇女们,快来选举妇女吧!"狗正打算号召男人们也应该来选举妇女时,一只身上有深色条形斑纹的山羊从人群中挤到讲桌前面来了。山羊抢过狗爪中握着的话筒,对着台下大吼道:"演讲的是个骗子!我早就把它识破了!"说完,山羊一把抓住狗,把它塞在上衣胸口里面的两个毛线团给掏了出来。山羊高举起两个毛线团大喊道:"瞧,它不是女的!它是一个男的、一个男的!"

台下的听众纷纷叫喊起来:"厚颜无耻!卑鄙下流!诡计多端!欺诈蒙骗!"人们从四面八方拥向讲桌。狗看到了高高举起的各式各样的爪子和蹄子,还有人的拳头在朝着它挥动。

"我没有任何恶意……"狗结结巴巴地解释着,但听众的喊声很响,把狗的声音完全淹没了。谁也听不到狗在讲什么。

这时,狗惊醒了。熊正弯着腰问它:"什么没有任何恶

Der Hund kommt!

意呀？"狗连忙坐了起来，它的心还在怦怦地跳，脑门儿上挂满了汗珠儿。

"我不要当女政治家了。"狗说。

"为了让我高兴，去试一试都不行吗？"熊问道。

"为了你，我什么都肯做。"狗说，"因为你为了我什么都做过。但是，哪怕只是为了让你高兴，我也不想当女政治家了，因为那注定没有好下场。"接着，狗就把它刚才的梦讲给熊听。熊对狗的梦没有说什么，它执意要成为一位青云直上的女政治家，去改变当今世界。为了这个，狗和熊几乎快要争吵起来了，只是因为它们的友情太深了，才没有彼此翻脸。最后，熊两眼含着泪说："那我们就不得不分开了。我们各奔东西，自己走自己的路吧！"

它们还是一起吃了早餐，共同付了账。在酒店的门外，它们紧紧地拥抱并话别。

"你往哪儿走？"熊问。

"朝前走，"狗说，"一直朝前走。"它说得有些结结巴巴，因为它说的不是真话。它不愿意骗自己的好朋友，但

狗来了

是它必须要对自己的计划保密。

熊慢慢地向右走去。它应该是去修车行。狗是朝左走的。它走得非常慢,每走上三步就要停下来,扭头朝后面望一望。等它看到在路的那一头儿,熊的身影只有大头针那么大了时,狗就掉过头来往回跑了。

狗跑进一家商店买染发剂,火红色的、乌黑色的和银白色的染发剂,狗各买了一包。

接着,狗又走进一家服装店。它对女售货员说:"我丈夫需要一条蓝色工装裤。"

"什么尺码的?"女售货员问。

"他身高跟我一样,但腰围有我的三个宽。"狗说。

女售货员找了半天后告诉狗,这种尺寸只剩下一条绿色的工装裤了。狗觉得那也不错,就买下了。接着,狗又走进了眼镜店,在那里买了一副平光眼镜。然后,它还去买了个大号的鸭绒枕头和一个有背带的工具箱。

狗拿上这些东西,沿着公路走到了一个水塘边。它四下张望了半天,没看到人影,就把身上的衣服全脱光了。

Der Hund kommt!

接着,狗把脱下来的奥尔加的衣裙捆扎在一起,又绑上一块有分量的石头,扑通一声,扔进水塘里去了。然后,狗坐在水塘边上,开始往自己身上抹染发剂。它在一只耳朵上搽上火红色,另一只耳朵上涂上乌黑色,两只耳朵之间则染上银白色。随后,它在眼睛周围也涂上了乌黑色,嘴和鼻子两边搽成了火红色,脑袋后面和爪子上都染上杂色的斑点,而尾巴完全染成了火红色。 这时,染发剂已经全用光了,所以它没能把后背和屁股也染上颜色。

狗坐在那里等了一个多小时,染发剂才慢慢干了。狗跳进水塘去漂洗,在水塘里游了十三圈,才把身上的浮色全冲洗干净了。等它爬上岸,把狗毛上沾的水珠全抖搂净了之后,狗特地站在岸边,瞧了瞧自己在水面上映出来的形象。它几乎认不出那是自己了。它完全成了一只具有现代派风格的、看上去十分酷的花斑狗了。

但它知道这样还不够。它对自己说:"恐怕你最好的朋友还是能把你认出来。"于是,狗穿上肥大的工装裤,把大号的鸭绒枕头塞进裤子里面,伪造出一个圆滚滚的大

狗来了

肚子。然后,它戴上平光眼镜,再挎上工具箱。"这样就没人能认出我啦。"狗喃喃地说道。它放心地回市镇去了。

狗走到市镇时,已经是中午了。"现在工人们都在午休。"狗对自己说,"这对我的计划很有利。"它沿着胡同溜达,站在工人们吃午饭的饭铺和酒馆门前向里面张望。现在狗最感兴趣的是工人们戴的帽子。终于,它看到一家酒馆墙上的衣帽钩上挂着一顶令它中意的帽子。那是一顶红颜色的工作帽,帽子的前面印有"抢修队"三个字。

狗立刻走进酒馆,买了杯啤酒喝,然后在离开酒馆时伸出狗爪子就把那顶抢修队的工作帽带走了。狗把工作帽戴到自己头上后,着手去找住宿的地方。它不打算住酒店,因为那里的房价太贵,而且狗估计,它很可能要在这里逗留较长一段时间。狗已下定决心,要在它的好朋友熊陷入困境时从旁帮它一把。对于熊早晚会遇到困难和麻烦这一点,狗确信无疑。

狗在市镇边找到了住所。那是一间带小厨房的屋子,装修得很难看,厨房里还有股炸鱼的味道。反正狗只是需

Der Hund kommt!

要个睡觉休息的地方,当然也就不在乎这些了。它必须经常守候在熊的附近。

狗花了三天工夫,才查到熊的住处。原来熊在集市广场旁边租了一栋小房子,房门外钉了一块牌子,上面写着:

国家级认证的资深女教师——熊教授
开设多门学科的辅导课和补习班(包括体育课)

在熊的住所前面有一座公用电话亭。狗找来一块硬纸板,在上面写上:

话机故障!正在抢修!

狗把硬纸板挂在电话亭的门外,自己就钻进亭子里去"站岗"了。它做出好像是在修理电话机的模样,把话机拆开,然后再组装起来,反反复复拆装了不下一百次。与此同时,它一直观察着熊的住所。因为熊住所的窗户上没挂

狗来了

窗帘,所以很容易就能看清屋里的情景。

没有一个学生到熊那里去上辅导课和补习班。熊一天只离开住所两次,一次是早上,它外出购物,一次是下午,它出门两个钟头,回来时腋下总夹着一大堆宣传材料。

每天都是如此。从没有学生来找熊辅导和补习。熊每次出门两个钟头后总会带回一堆宣传材料来。唯一不同的是,那些材料上印着的党派名称每天都不一样。

到了第四天,狗就遇上麻烦了。在熊住所对面的房子里有一扇窗子被打开了,一只身上有深色条形斑纹的山羊探出头来咩咩地叫道:"您已经在那儿磨磨蹭蹭修了整整三天了!我们这些老实的纳税人得供养多少你们这样磨洋工的工人呀!"狗感到十分尴尬,它忙从电话亭里探出头去,对山羊喊道:"它不是一处有毛病,整个系统都损坏了!但马上就能整修一新了!"

山羊还在不停地骂骂咧咧,说是要找抢修部门的经理去投诉。过了好一会儿,它才砰的一声把窗户关上了。

"电话亭我是不能再待下去了。"狗叹息着对自己说。

话机故障！
正在抢修！

狗来了

它把工作帽摘下来，用爪子轻轻搔着两耳之间的脑门儿，琢磨着还有什么可以去抢修的项目。它一边思索一边朝外面望着，熊租的那栋房子房顶上的烟囱忽然进入了它的视线。它自言自语道："烟囱有可能堵塞了……为烟囱清除煤灰也算排除故障呀！"

狗走进熊的住所时，心里扑通扑通直跳。它想：现在要试试我的伪装成功不成功了。我会被认出来吗？

进了大门是一个门厅，有一长节很陡的楼梯通向阁楼。门厅里还有两扇通向房间的门，一扇门关着，另一扇门敞开着，正好是狗从电话亭里能窥视到的那个房间。熊正坐在房间里的书桌旁读某一个党派的小册子。桌面上和四周的地板上堆满了各个党派的宣传材料、免费纪念品和小册子什么的。

"抢修队来排除故障了。"狗用假嗓音喊道，"我是被派来清扫这栋房子的烟囱的。"

"您只管去清扫吧！"熊喊道。它只顾读着小册子，根本就没有抬起头来朝外面看一眼。

Der Hund kommt!

"我必须要上到房顶去。"狗又用假嗓音喊了一句。

"只管去吧!"熊答了一句后仍继续读它的小册子。

狗坐到楼梯最下面一级上抬头数了数,楼梯总共有十二级阶梯。于是,它拿出工具,噔噔噔地在阶梯的木板上敲了十二下。它想让熊相信,它已经爬到顶楼上去了。

狗在楼梯上坐了半天,什么事也没做,而熊在这段时间里则一直在接受政治教育。当狗刚想要离开时,从房间里传出了熊的声音。

"喂,您好,亲爱的小姐,我是熊女士,前天曾到贵党的办事处拜访过。"停了一会儿后熊说道,"对,我把所有材料都仔细研究过了。您这里是最能代表妇女意志的了。"接着,房间里安静了片刻,然后又听到熊的声音说:"那好,就这么说定了!明天九点钟我准时去领取我的党证!"

狗不想再探听更多的情况了。它又敲响了十二下楼梯板,表示它从楼梯上走下来了。然后,狗站起来走到大门口,对正在打电话的熊喊道:"故障已经排除了!"

狗来了

第二天早上八点半,狗就来到了熊的住所附近。它在房子拐角处的路边,把一张报纸举在面前,像是正在认真读报的样子。但其实,它事先在报纸上捅了两个小洞。透过那两个洞,它目不转睛地观察着熊的住所。

熊是差十分九点离开住所的。它穿着一条新连衣裙,头上戴了顶新帽子,沿着街道往前走。狗用报纸挡着脸,悄悄跟在熊的后面。

熊走进了一座楼房,房子的大门上挂着一面有红和橙两色菱形小方格的旗帜。"我早料到会这样的。"狗喃喃自语道。它叹了口气,把报纸折好,塞进工装裤的口袋,然后就走到旁边一家店里去吃早餐了。它对自己说:"从现在起就等着瞧吧!"

不过,狗并不愿意一天到晚无所事事地待在那儿等着瞧。它打算做点有意义的事情来消磨无聊的等候时间。它头戴抢修队的红色工作帽,在市镇上转来转去,寻找有什么需要它做的事情。起先,它拧紧了路边一个不停滴水的水龙头,使自来水不再白白浪费掉。接着,它把沿街的下

Der Hund kommt!

水道全淘干净了,把集市广场清扫得一尘不染,连教堂大门上的黄铜装饰都擦得锃亮。狗还剪修了广场四周的灌木丛,将枯萎的枝叶都拔光摘净了。它还真的修理好了三台坏了的公用电话。当狗再也想不出还有什么公益性的工作可做时,它就跑去按住户的门铃。它对人家说:"抢修队志愿上门服务!请问您这里有什么东西损坏了吗?我免费为您排除各种故障。"

一些表示怀疑的人家马上关上房门,让狗吃了闭门羹。但大多数人家总有活儿让它干。狗疏通了堵塞的地沟,密封了透风的窗户缝,还给嘎吱作响的房门上了油。当然,狗也没把熊给忘了。它时刻都在密切地关注着熊的一举一动。熊依然没有招到上补习班的学生,看上去它也根本没有时间去干那些事了。每天清晨,熊都会跑到挂着红橙两色菱形小方格旗帜的楼房里去,在那里一直待到傍晚才回家。到了晚上,常有许多妇女在熊的家里集会,直到午夜才散去。狗从熊的住所前走过时,常看到一些妇女和熊围坐在桌子周围开会。

狗来了

通常,熊房间的窗户总是敞开着的。狗要是站到窗根儿底下去的话,肯定能听见里面在讲些什么。但是狗不敢这么做。它已经注意到,那只因为长时间修理电话而骂骂咧咧的、身上长着深色条形斑纹的山羊常站在自家的窗边暗中守候着,手里甚至还拿着个双筒望远镜呢!这让狗感到很不痛快。要是一个监视者本身也受到了监视的话,那可真是件十分难堪的事了。

有一天,狗又到其他住户家去提供它的"排除故障服务"了。刚到一户的大门口,它就听到了很大的吵嚷声。一个高声喊着:"你太不像话了!"另一个大声叫道:"我要跟你离婚!"还有小孩子的哭叫声:"我不愿意你们离婚!"

啊哈,这家人吵起来了。狗想:这家人现在的问题可不同于下水道堵塞。正当它要走过去敲另一家的门时,它听到那个孩子号啕大哭起来了,哭得非常伤心,不由得引起了它的同情。狗对自己说:"谁说只有水、电和其他什么破玩意儿才需要排除故障?谁说不能去帮吵架的家庭排除排除'故障'呢?"

Der Hund kommt!

狗自己回答自己:"没有人这样说过。"于是它推开房门,直奔传出吵闹和哭叫声的地方走去。它走进一间厨房,厨房里有许多用过了没清洗的餐具,一大堆没有洗的脏衣服,以及一群狗。男主人是只瑞士雪山救生犬,女主人是只卷毛哈巴狗,还有一只混种的小狗和六只刚出生不久的小狗崽。卷毛哈巴狗站在炉灶边满面怒容,混种的小狗蹲在地上高声哭叫,小狗崽们挤在一只大篮子里爬来爬去。厨房里的气味很难闻,是烧煳了的肉的焦味和尿布的臊味混杂在一起的味道。

雪山救生犬叫道:"你烧的菜我简直没法儿吃!"

哈巴狗喊道:"这不怨我,怨肉不好!"

雪山救生犬叫道:"你总是找借口!"

哈巴狗喊道:"你自己去做饭吧,我不管了!"

狗把哭叫着的混种小狗抱在怀里轻声哄着,又用另一只前爪提起了盛着小狗崽们的篮子轻轻摇晃着,它们很快就不哭了。

雪山救生犬和哈巴狗听到哭声停止了,也不再吵了。

狗来了

"您是谁呀?"它们齐声问狗。

"我想排除导致你们吵架的'故障'。"狗回答说。它在小狗的肚皮上轻轻地搔着痒。"笑一个吧,宝贝。"它说,"你的老爸和老妈不会离婚的,它们彼此相爱着呢。"

雪山救生犬和哈巴狗张大了嘴巴,站在旁边听着。

"它们只是一时有了点小麻烦。"狗继续说道,"一下子增加了六个小宝宝可不是件轻松的事,这一点我最清楚了。过去我们一下子有了六个小孩子的时候,家庭的和睦也时常被打破。"

狗把小狗扛在肩膀上,看着雪山救生犬和哈巴狗说道:"现在你们俩一起到外面去散散步,或者是到一家酒馆去喝杯啤酒吧。你们需要换一个环境,放松放松了。"

"但是……"哈巴狗说。

"但是……"雪山救生犬说。

"你们快走吧!"狗喊道。它把厨房的门打开,鞠着躬说:"天黑之前不要回来。"

雪山救生犬和哈巴狗拉着爪子走出去了。狗马上打开

Der Hund kommt!

窗子,让新鲜空气进来。它把脏衣服全放进了洗衣机里,把用过的餐具都洗刷干净。接着,狗拿起奶瓶喂小狗崽们,给它们换上干净的尿布。然后,狗一边给它们讲童话故事,一边炖了一大锅五香肉杂碎。随后,狗拖了地板,又打开吸尘器把地毯清洁了一遍。最后,它把哈巴狗烧焦的肉扔进垃圾桶,提到门外去倒掉了。

傍晚,当小狗的爸爸妈妈回到家时,篮子里的六只小狗崽都睡着了。小狗正躺在它的小床上看图画书。整个家里到处都是整齐干净的了。

"您是世界上最好的排忧解难狗!"哈巴狗说。

"我太太说的话总是对的。"雪山救生犬说。

"这是我的工作呀!"狗说着就飞快地跑走了。听到夸奖总让狗觉得很难为情。

从这一天起,狗就专门关注起"排除"人和动物的故障来了。它认为这项工作更有意思,也更有意义。它对自己说:"下水道和下水道几乎是完全一样的。而人或动物

狗来了

是多种多样、各不相同的。排除人与人、动物与动物之间的故障问题需要更多的想象力，工作也更加有趣味。这天之后的第二天，狗就到一家幼儿园去提供志愿服务了。它向幼儿园的阿姨们传授了如何让孩子们保持好心情的本领。那是狗从熊那里学来的。

狗在这天还去照顾了一头因蹄子扭伤不能站立而挨饿的野猪。狗动员右边的邻居帮助野猪去采购食物，又说服左边的邻居帮野猪烧饭，狗还请住在野猪楼上的小狗每天晚上都来为因伤痛卧床的野猪读一小会儿报纸。

第三天，狗关心的是一只小公鸡和小母鸡之间的早恋问题；第四天它关心的是一头逃学的驴子；第五天它是在帮一只有心理障碍的公猫；第六天狗帮一位年轻女士找到了工作；第七天它把一头因向往远方而离家出走的小熊送回了家。

当然，狗也并不是总能帮得上忙的！它不是万能的魔法师。但是，即使在狗帮不上忙的时候，它也总能起到安慰的作用。

Der Hund kommt!

狗还走街串巷去进行回访。"我想看看,水龙头是不是还在滴水?"它在一家门前问。

"只想来看看,在学校的学习还顺利吗?"到另一家门前,狗问道。

到第三家门前,它又问:"只想看看,小两口儿过得是不是一直很恩爱?"

听到好的情况时,狗总是特别高兴。总而言之,狗在等候的时间里非常忙碌。它全部身心都投入排除故障和干扰的工作,以至于把熊的事都忘光了。因此,当它星期六在集市广场前走过,看到树干上贴着的海报时,它感到万分惊讶。海报上有熊的照片,它戴着一顶挂着面纱的帽子,耳朵上挂着吊坠耳环,两只大眼睛周围涂了黑色的眼影,脖子上还戴了一串珍珠项链。在熊的胸口处印着两行文字:

我党社区代表的候选人将于星期日上午十一点在集会草坪上向选民们发表演说。

狗来了

狗把这些日子从事的抢修、排除故障、帮助他人的工作一下子全都抛到了脑后。"我一定得阻止这荒唐而愚蠢之举！"狗喊道。它马上跑到邮局，填写了一张电报单子。它写的电文是：

速回家，弟弟和妹妹均病重。

狗知道，熊非常爱它的弟弟和妹妹。狗认为，熊见了这份电报就会立刻动身回家，把政治留给其他人去搞了。

邮局的小姐看了看收报人的地址说："就在这条街拐角的地方，为什么您不自己送去呢？"

狗故意撒谎说："因为我不忍心去转达这么让人伤心难过的消息。"

邮局的小姐不再多说什么了。她只用公事公办的口气告诉狗："一小时后电报将送至收报人家中。"

狗举着一张报纸站在熊的住所前面等候着。它能看到

Der Hund kommt!

熊正坐在房间里,身边还有一只母鸡、一头母猪、一只母绵羊和一位金发女郎。

狗还看到了那只有深色条形斑纹的山羊。它正站在自家的窗户后面,把双筒望远镜举在眼前。狗不清楚山羊的望远镜瞄准的是熊的窗户还是它。

正如邮局小姐讲的那样,一个小时后送电报的走进了熊住的房子,把电报交给了熊。熊打开电报看了一眼后就叫喊了起来:"这是阴谋诡计!是政敌想要阻止我明天发表演说!我家人根本就不知道我现在住在这个地方!"母鸡拿过电报看了一眼后也咯咯地叫道:"真是诡计!电报就是从本地发来的!完全是别有用心的骗局!"

狗平时很少使用粗俗的脏字,但这时也不禁骂起街来了。它为自己的计谋没能奏效而感到失望,垂头丧气地走回家,一下子就倒在了床上。它想:也许明天清早我还能想出办法来。

但这个希望没有成为现实。狗第二天醒来后,还是和它前一天晚上上床时一样一筹莫展。"再说时间已经太晚

狗来了

了,九点半都过了。"狗自言自语道,"现在即便能再想出计谋也来不及执行了。唯一可行的办法只有找到熊,和它推心置腹地谈一谈了。"

狗连早餐也顾不上吃,就跑出家门去找熊了,但熊住所的房门是锁着的。狗在外边先是敲门,接着又拼命地拍打大门。忽然,它背后响起了很大的叫骂声。山羊从对面的楼上用刺耳的声音叫喊着:"喂,你总在别人家门前没完没了地搞什么鬼名堂?我马上去喊警察来!"

狗像脚下抹了油似的一溜烟跑走了。它一路狂奔穿过城区,等跑到公路边停下来时,狗觉得自己的胸腔都快要炸开了。它气喘吁吁地蹲到一棵大树下,完全心灰意冷了。

歇了片刻后,狗看到天空的乌云越来越密。它心里又燃起了希望。如果下起一场大雨,在露天演说的计划就会泡汤了。狗冲着乌云说:"亲爱的乌云呀,你快快密集起来吧!祈求你快快增大,变得越来越灰、越来越黑,布满天空,带来一场瓢泼大雨,然后噼噼啪啪地下起来吧!"

Der Hund kommt!

云彩只管随自己的意愿飘游,哪里会去理会狗的祈求。乌云很快就飘走了,天空又呈现出一片蔚蓝色。狗的目光一直追逐着远去的云朵,直至它消失在城区层层屋顶后面的地平线上。

这时,狗看见从城区的方向开过来两辆车,前面是一辆大卡车,跟在后面的是熊的汽车。

两辆车在距狗不到十步远的地方停住了。狗连忙钻进了背后的矮灌木丛。

从熊的汽车里下来的除了熊之外,还有母鸡、母猪、母绵羊和金发女郎。从大卡车上又跳下来了三只母狗、四只母猫和五只母山羊,它们一起从卡车上卸下了一个讲演台、一张大桌子、几张小折叠桌和许多把椅子,还从车厢里取出了电线插座什么的。大家一起把讲演台拖到了公路旁草坪的中央,又把电线和讲演台上的话筒接通了。然后,它们在大桌子上铺了桌布,还摆上了一个写有"冷餐台"的小立牌。

"我好像歪打正着,无意中跑到集会草坪上来了。"狗

狗来了

喃喃自语道。

差一刻十一点时,一切都准备就绪了。讲演台用绿色的松树枝叶及红、橙两色的彩带装饰起来了。摆满果汁饮料瓶和各种三明治的冷餐台看上去有些不堪重负,桌面都快被压弯了。草坪的边缘处拉起了几道绳索,上面挂满了红、橙两色的三角形小旗子。

草坪一侧还设有一个小小的资料摊位,那里负责派发印有熊照片的传单,印着"请投熊女士一票"字样的红色小帽,还有印着熊头像的纽扣和带有熊掌图案的圆珠笔。

到十一点整时,草坪上已经站满了听众,好像当地所有的居民都想来听听熊要讲些什么了。十一点一刻时,草坪上已经挤得满满当当。狗这时才敢爬出灌木丛,混入听众中去。一支女子乐队开始用鼓和号演奏着激昂的乐曲。十一点半时,母猪跳上了讲台,高声喊道:"女公民们,男公民们!我们衷心感谢各位踊跃参加今天的集会。现在,请我们的首席候选人熊女士和大家见面。"

人群中响起了热烈的掌声。熊由母鸡和母绵羊在两侧

Der Hund kommt!

护卫着,缓缓走上讲台。女子乐队吹奏出向它致敬的响亮乐声,一百只画着熊头像的气球冉冉升上天空,红色和橙色的小旗子被听众们握在手里不停地挥动着。熊对着话筒说:"我们妇女不能再眼看着男人们把一切都搞得一团糟了!现在,我们妇女也要参加竞选了!我们会把一切做得更好!妇女们,快来选举妇女吧!"

熊没能再继续往下讲,因为突然间,身上有深色条形斑纹的山羊(正是住在熊对面房子里的那一位)挤到了熊的身旁。山羊一把夺过了话筒,大声吼叫道:"熊是个骗子!我经过长时间观察,已经把它识破了!"说完,它走上前去,把羊蹄子伸进了熊的衬衣里面,掏出了两个毛线团来。山羊高举着毛线团喊道:"瞧,它不是女的!它是一个男的,一个男的!"

狗觉得已经没有任何理由让这场令熊难堪的闹剧再继续往下演了。它从自己做过的梦中清楚地见到过,接下来会出现什么样的场面。于是,狗不顾一切地跳上讲台,一把抓住熊,不由分说地把它背在背上,然后飞快地朝熊

狗来了

的汽车跑去。

它把熊塞进汽车的后座,然后一屁股坐进驾驶室,迅速把车子开走了。

"无耻!卑鄙!下流!诡计!欺诈!蒙骗!"狗听到从后面传来的叫喊声,立刻加大油门,把车子开得就像被地狱里的魔鬼追赶着似的那么快,都快要飞起来了。每逢走到岔路口时,狗总是选择比较狭窄的那条路走。它想尽快远离人烟稠密的地区。

熊坐在汽车的后座上一把鼻涕一把泪地号啕大哭着,不时抽噎着说:"要是能大功告成该有多好哇!如果能大功告成该有多美好哇!"

接近傍晚时,狗才把车子停下。它转过身去看着熊。

熊抽噎着问:"您到底是谁呀?"

"我还能是谁呢,老朋友?"狗说着把眼镜摘了下来,把塞在工装裤里的大鸭绒枕头也抽了出来。

熊目瞪口呆地瞧着狗,一个字也说不出来了。

狗说:"因为我为了你什么都肯做呀!"

Der Hund kommt!

这时,熊扑上来搂住狗的脖子,又啜泣起来,掉下来的眼泪把狗毛都弄湿了。

"快别这样了。"狗一边说一边用两只前爪轻轻地拍着熊的后背。

"我的政治生涯要能像开头时那么顺利该有多好哇!"熊抽噎着说。

"不要再想这些了。"狗递了一块手帕给熊。

"我真的已经有自己是个妇女的感觉了。"熊继续抽泣着说。

"如果愿意的话,你尽管保持那种感觉好了。"狗说,"但是我现在想回家去了。我觉得广阔的世界对我来说已经见识得足够了。暂时就到此为止了。要有什么新的打算,将来再说吧!"

"可你的房子已经卖给驴子了呀!"熊抽噎着说。

"驴子是个永远不知满足的家伙。"狗说,"它一定早就不喜欢我的房子了。打个赌好不好?我只花一半的价钱就能把房子给买回来!"

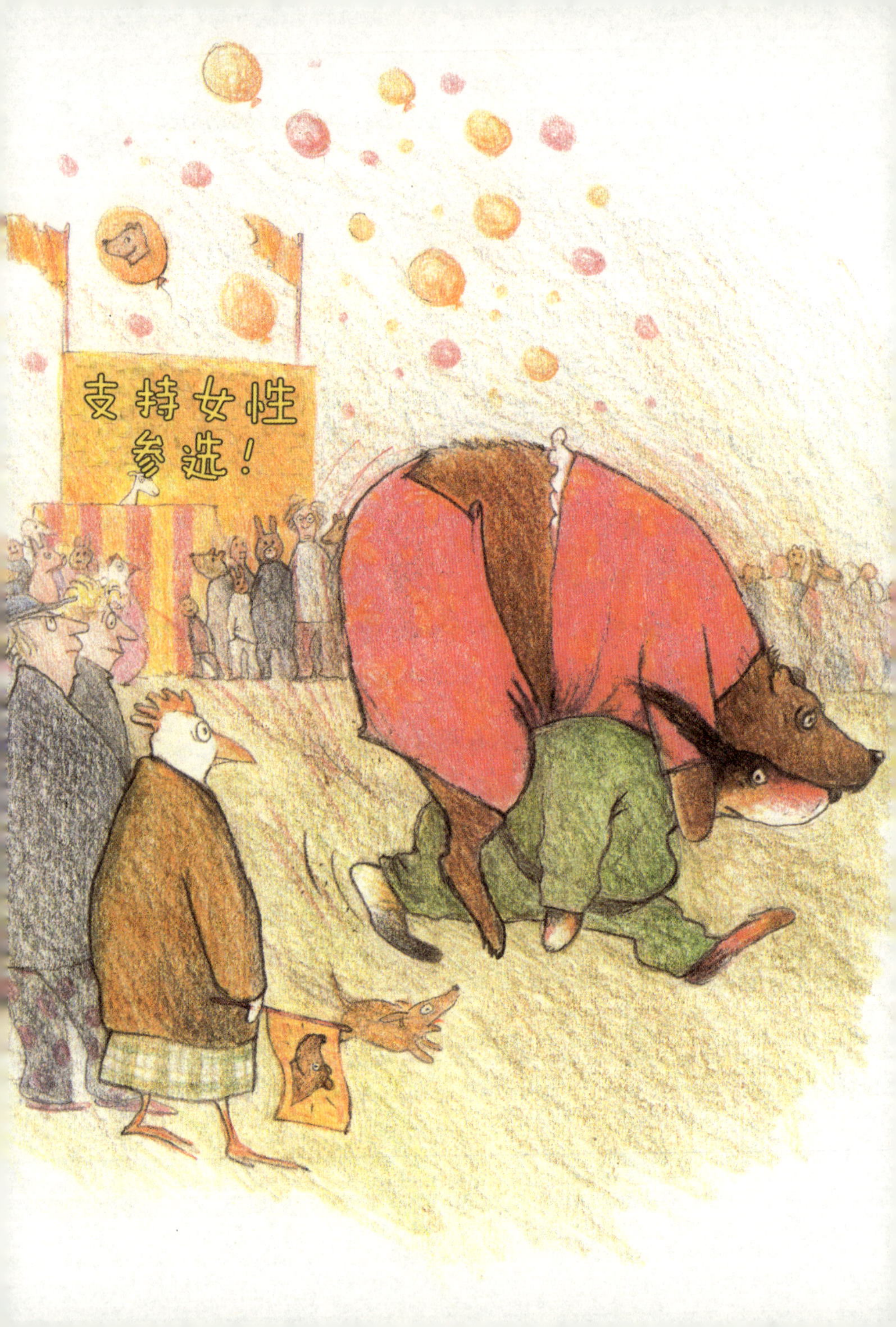
支持女性
参选!

Der Hund kommt!

"那我到哪儿去呢?"熊继续抽噎着问。

"跟我走。"狗又驾驶着汽车向前赶路了。"你永远是我的朋友。难道你不知道吗?"狗握着方向盘说。

"我怎能不知道呢?"熊说着把眼中最后残留的泪水擦干了。

在开车回家乡的路上,狗情不自禁地又用口哨儿吹起了它最喜爱的曲子。

在小山冈后面,已能望见狗家乡的那座乡村教堂钟楼的尖顶了。这时,狗不再吹口哨儿了。

"回家后我要做的头一件事是把花园的栅栏油漆一遍,然后缝制新的窗帘。"

"我去把花坛的土翻挖一遍。"熊说,"我们是不是有花坛呀?"

"我们有花坛。"狗答道,"我们所需要的一切,都应有尽有!"停了片刻后,狗又说道:"如果从未到过广阔的世界,那的确会令人感到非常遗憾和可惜。但若不能回到家里去,同样也会令人感到非常遗憾和可惜呀!"

《狗来了》教学设计

上海市联建小学　冯珺

【内容赏析】

涅斯特林格是一位讲故事的高手。她一反德语作家重心理描写、思辨色彩较重的写作方式，用轻松有趣、欢快幽默的语言为我们刻画出一只快乐又善良的老狗的形象，同时结构设置毫不松散，每段情节的发展都环环相扣。讲故事的人娓娓道来，听故事的人便乐在其中了。

涅斯特林格会讲故事，还表现在另一个方面。《狗来了》并不是一部纯粹的童话作品或动物小说，作者只是将书中个别几个人物设定为某种动物的形象，套用我们思维定式中这种动物或可爱或可恶的特点，表现这些角色强烈的个性特征，而其他人物形象仍旧以"人"的面目出现。如若剥去这些动物形象的外壳，那么《狗来了》(或《××来了》)就是一部带有轻喜剧风格的现实主义小说了。

Der Hund kommt!

这部作品寄寓了作者很多深刻的思考。涅斯特林格关注社会问题,关注孩子的成长,她会在作品中毫无保留地表达自己的看法。比如:对于教育,她提出了"什么样的教学方式才真正适合孩子的认知特点"这样的探讨;对于家庭,她也有自己的看法,"没有什么比在孩子面前争吵更糟糕、更有害的了。争吵会玷污孩子的心灵,心灵上的污渍是永远也去不掉的",等等。

作者借一只睿智的老狗之口,给我们每个读者出了一道考题,拷问我们内心深处不愿示人的部分——或自私、或守旧、或冷漠。幸好,狗来了。狗向所有人毫无保留地伸出援助之手,用它的率真和善良,给予我们新的思维、新的情感、新的价值观。

【教学设计】

《狗来了》适合小学四、五年级的学生阅读。教师可以根据本书章节有序地、有选择性地开展阅读教学,在讲述与自读相结合的教学中对善良、卑鄙、幸

狗来了

运、理想、自私、守旧等话题展开思辨。

第一课时

一、展示封面，大胆想象

请学生根据这本书封面上的图画展开想象，并自由发言。

举例：猜一猜封面上的这只狗是谁，猜一猜狗要去干什么？是出远门？去旅行？还是……

二、介绍作者

介绍本书作者，即奥地利著名儿童文学作家克里斯蒂娜·涅斯特林格的生平事迹，介绍她的代表作品及所获奖项。

三、阅读故事片段，交流对狗的初步印象

请学生阅读第一章《狗和作弊的猪》的片段，并谈谈对这只狗的初步印象。

【建议：让学生自由交流，可以从狗会干各种各样的事情、狗要到广阔的世界去的举动、狗和驴子间的那些事等方面谈。】

狗的孩子们都长大自立了，狗的老伴儿也已去世

Der Hund kommt!

多年,于是狗决定离开家园。它打算永远离去,再也不回来了。它把住房和苹果园全卖掉了,把电视机和收藏的书籍、邮票,以及祖母的油画像也都卖了。狗走的时候,右前爪提着一只棕色的皮箱,左前爪拿着一个蓝色的旅行包,腰上还围挎着一个绿色的旅行腰包。它的头上戴了一顶黑色的宽檐儿礼帽,脖子上围了一条红白相间的长围巾。为了不让围巾的两头儿拖到地上,狗把围巾在脖子上绕了三圈。

....

狗系上腰包,用右前爪提起皮箱,左前爪抓起旅行包,穿过田野,继续向前赶路。

预设学生会谈到的内容:

a.狗很有理想,因为它认为自己的阅历还不够丰富,要远走他乡,到广阔的世界去。

b.狗要离家的决心很大,也很潇洒,因为它打算永远离去,再也不回来了,甚至把住房和苹果园全卖掉了,还把收藏的邮票和电视机,以及全部藏书和祖母的油画像也都卖掉了。

狗来了

c.狗是有智慧的,因为它听得出驴子说的那番话都是谎话,并且巧妙地教训了驴子。

【建议:在交流后发给学生一张小卡片,卡片上简单记录对狗的初步印象。随着故事情节发展,读者对人物的看法也会发生变化,记录一下,交流一下,到整本书阅读完之后,连起来看看自己想法的变化,是很有意思的事情。】

四、自由阅读、想象与讨论

当太阳从西边的天空缓缓降落下的时候,狗走到了一家餐馆面前。那家餐馆孤零零地立在一片草地当中,是一栋红瓦屋顶、白色墙壁、窗框被漆成绿色的小房子。大门口挂的招牌上写着:强悍的海因里希。就是在这家餐馆里,狗遇到了一只猪,一只作弊的猪。之后发生了什么事?请学生自主阅读这一章节。

1.餐馆老板告诉狗,这家店门口招牌上写着的"强悍的海因里希"实际上是他已过世的父亲,自己是"温顺的海因里希",只是没来得及把招牌上的字改

Der Hund kommt!

过来。请学生就此谈谈看法。

2.其实,餐馆老板是想借用"强悍的海因里希"的招牌给自己壮胆,来威吓那些在餐馆里胡作非为的客人。然而,一张招牌并不管用,餐馆老板无法阻止那些斗殴以及无理取闹的事件发生。就在这时,狗来了。对于餐馆老板来说,他需要这只狗,这只善良的、称职的狗。请学生讨论:在工作期间,狗的表现称职吗?并根据以下提示,在书中找出对应的片段。

狗称职的表现:	
狗强悍的一面:	
狗善良仁慈的一面:	

3.狗在餐馆工作得好好的,它后来为何考虑辞去这份工作呢?而就在狗打算辞去工作之际,作弊的猪出现了。猪又是如何一步一步行骗,直到狗输光所有钱的呢?请学生表达对"被骗的狗"和"作弊的猪"的看法,说说理由。

【建议:请教师鼓励学生大胆阐述自己的观点,可

225

狗来了

以组织持不同观点的学生进行辩论。】

第二课时

一、重温作品，畅谈感想

1.自从狗遇到了作弊的猪，又发生了哪些事情呢？请学生自由发言。

【建议：提示学生按照章节名罗列——狗进了剧院、狗到了学校、狗住了医院、狗当了养父等。】

2.请学生谈谈书中给人印象最深的一个章节，引导学生在叙事中阐述对人物行为的看法。

举例：

在谈到第二章《狗进了剧院》时，可以提问：面对这样一只遭人唾骂的猪，狗不仅同情它的遭遇，与它为伴，还每天为它创造幸运，甚至愿意帮助它实现梦想……狗所做的一切让猪对生活充满希望，从此不再行骗。这样的剧情走向对你来说是出乎意料，还是顺理成章？

谈到第三章《狗到了学校》时，可以提问：狗的这种教学方式合理吗？对"没有什么比在孩子面前争吵

Der Hund kommt!

更糟糕、更有害的了"这一观点,你是怎么理解的?

【建议:在课前让学生阅读完整本书,在这一环节给予学生充足的时间畅所欲言。】

二、打开话题,思辨讨论

即便是在逃亡中,狗依然没有放弃帮助他人的初衷,当起了三十只小猫的养父。狗尽心尽力,但它的"罪名"却因此又多了四条——在阁楼上行窃、捣毁烟囱道、偷盗园丁财物和潜入地下室盗窃贮藏品。可这一切并不是狗的本意呀!狗实在是想不通:它原本只是想帮助他人,做些有益的事情,成为一只有用的狗,为什么事情会变成这样呢?请学生就狗所想不通的问题,发表自己的想法。

三、再读作品,发现知识

在《狗来了》这部作品中巧妙地"隐藏"了一些知识性的常识,请学生再次阅读整部作品,并找出这些内容。

举例:狗所具备的种种本领、猫的生活习性等。